처음엔 사소했던 일

초판 1쇄 펴냄 2018년 4월 12일
　　 19쇄 펴냄 2024년 6월 14일

지은이 왕수펀
옮긴이 조윤진

펴낸이 고영은 박미숙
펴낸곳 뜨인돌출판(주) | 출판등록 1994.10.11.(제406-251002011000185호.)
주소 10881 경기도 파주시 회동길 337-9
홈페이지 www.ddstone.com | 블로그 blog.naver.com/ddstone1994
페이스북 www.facebook.com/ddstone1994 | 인스타그램 @ddstone_books
대표전화 02-337-5252 | 팩스 031-947-5868

ISBN 978-89-5807-682-7 03820

처음엔
사소했던
일

왕수펀 지음 | 조윤진 옮김

뜨인돌

차례

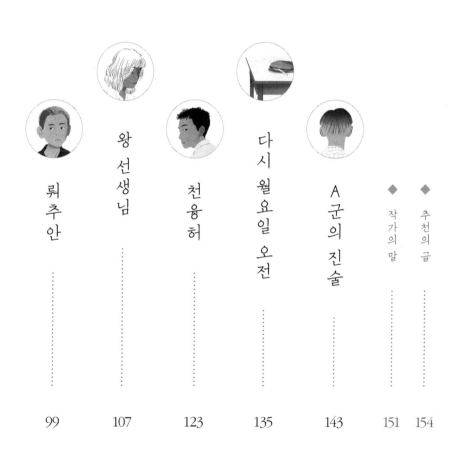

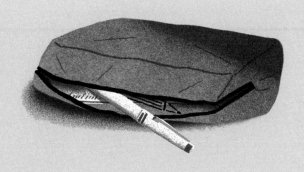

◇◇◇

월요일 오전, 린샤오치는 금색 볼펜이 없어졌다는 사실을 알았다. 없어진 볼펜은 천융허의 필통에서 발견되었다. 사건의 발생부터 해결까지는 채 일 분도 걸리지 않았다. 린샤오치가 큰 소리로 "일본에서 사 온 금색 볼펜이 왜 안 보이지?"라고 말하자마자 장쉐가 얼른 큰 소리로 이렇게 대꾸했기 때문이다.

"어라, 천융허의 필통에 그거랑 똑같은 펜이 들어 있는데?"

모두가 조용해졌다.

천융허는 아무 말 없이 벌게진 얼굴로 볼펜을 손에 꽉 쥔 채 자리에서 일어났다. 그러고는 린샤오치의 책상 앞으로 재빨리 걸어가 쾅 소리가 나도록 볼펜을 내려놓더니 바람처럼 교실을 빠져나갔다.

교실 안은 여전히 조용했다. 담임인 왕 선생님도 고개를 잠깐 들어 아이들을 바라보았을 뿐, 이내 다시 아이들의 숙제 노트로 시선을 돌렸다.

그 볼펜은 어디서든 눈에 띄는 물건이었다. 타이완에서는 살 수 없는 것으로, 여름방학 때 가족과 함께 일본 여행을 갔던 린샤오치가 그곳에서 사 온 볼펜이었다. 짙은 색 종이 위에 글씨를 쓰면 특히나 예쁘게 보였고 카드를 쓰거나 작은 포스터를 만들 때 사용하면 효과를 톡톡히 볼 수 있어서 7학년 1반의 많은 여학생들이 그 볼펜에 눈독을 들였다. 그리고 린샤오치에게 타이완에서는 그 볼펜을 구할 수 없는지 묻곤 했다.

"못 구한다니까. 이런 펜은 잉크가 금방 말라서 수입이 안 된다나 봐."

그러니까 여름방학 때 해외에 나간 적이 없는 천융허가 똑같은 금색 볼펜을 갖고 있다는 건 말이 안 되는 일이었다.

"만약 천융허가 그 볼펜을 훔쳤다면 어째서 장물을 필통 안에 넣어 두었겠어? 다른 사람이 쉽게 발견할 텐데?"

어색한 분위기를 깬 주인공은 반장 장페이페이였다. 이 말에는 두 가지 상반된 의미가 담겨 있었다. 하나는 '난 천융허가 도둑이 아니라고 생각해, 만약 도둑이었다면 볼펜을 그토록 허술하게 숨기진 않았겠지'라는 의미였다. 반면, '장물'이라는 단어의 등장은 일순간 천융허와 도둑을 단단한 고리로 연결시켜 주었다.

이날 아침, 7학년 1반 교실 안에는 어떤 기운이 감돌았다. 희미하고 어렴풋했지만 그것이 무엇을 의미하는지는 분명 모두가 느끼고 있었다.

아무튼 볼펜이 원래의 주인에게 되돌아갔으니 아무 일 없었다는 듯 수업은 계속됐다. 그렇게 시간이 흘렀다. 하지만 다시 사달이 나고 말았다. 하늘의 장난이었는지, 아니면 누군가 일부러 그랬는지 알 길은 없었다. 급식비를 내야 하는 수요일, 2교시가 끝난 무렵이었다.

"내 돈 500위안이 사라졌어!"

리빙쉰의 목소리였다.

왕 선생님의 표정이 순간 어두워졌다.

"다시 잘 찾아봐."

리빙쉰은 잔뜩 찌푸린 얼굴로 선생님을 향해 낮은 목소리로 대답했다.

"전부 다 찾아봤어요. 방금 전화해서 엄마한테도 물어봤는데 분명 오늘 아침 저한테 급식비를 줬다고 하셨어요. 제가 주머니에 넣는 것도 보셨고요."

"어느 주머니에 넣었는데?"

"바지 오른쪽 주머니요."

다시 한 번 찾아보라는 왕 선생님의 말에 리빙쉰은 양쪽 주머니를 뒤적거리다가 결국엔 주머니를 탈탈 털어 뒤집어 보였다.

"방금 돈을 내려고 보니 없더라고요."

왕 선생님의 미간에 주름이 잡혔다.

"남자 바지는 주머니가 깊지 않으니까 돈을 거기 넣어 두면 쉽게 빠질 수밖에 없지."

누가 봐도 지금 상황에선 전혀 도움이 되지 않는 말이었다. 왕 선생님은 이내 한마디를 덧붙였다.

"일단 학생부에 알리자, 복도에서 누군가가 주웠을지도 모르니까."

왕 선생님의 말에 리빙쉰은 마지막 희망의 끈이 풀린 듯 털썩 자리에 주저앉았다. 갑자기 아이들의 시선이 누가 먼저랄 것도 없이 한 곳으로 향했다. 마치 파도가 한 방향으로 쏠려 가듯 아이들의 고개는 의식적이었든 무의식적이었든 잇따라 천융허 쪽으로 돌아갔다. 천융허의 얼굴이 굳어졌다. 무슨 말을 하려는 것처럼 보였지만 되레 입술은 굳게 다물린 상태였다.

반장 징페이페이가 징쉐의 필을 붙잡더니 교실 밖으로 데리고 나갔다. 두 사람은 아주 작은 목소리로 무언가를 속삭였다.

리빙쉰이 500위안을 잃어버리고 나서 일주일 뒤, 이번에는 차이리리가 왕 선생님을 향해 말했다.

"선생님, 제 돈 300위안이 없어졌어요. 이번 학기 회식비였는데."

왕 선생님은 교과서를 내려놓더니 역정을 내며 소리쳤다.

"이게 도대체 어떻게 된 일이야? 연달아 물건이 없어지고 돈을 잃어버리다니. 선생님은 사건을 해결하는 셜록 홈스가 아니라고."

그때 반장인 장페이페이가 자리에서 일어서더니 선생님의 화를 누그러뜨리려는 듯 차이리리를 향해 말했다.

"다시 잘 찾아봐, 책 사이 어딘가에 끼워 두었을지도 모르잖아."

그러고는 이렇게 한마디를 덧붙였다.

"선생님, 만약 차이리리가 정말로 돈을 못 찾으면 학급비에서 그 돈을 대신 내 줘도 될까요?"

장페이페이의 말에 교실 안의 학생들은 일제히 웅성대기 시작했고 그 소리는 점점 더 커졌다. 이런 식으로 어물쩍 넘어가는 건 오히려 나쁜 짓을 부추길 뿐이라는 누군가의 주장에 다른 누군가는 학생부에 알려서 조사부터 해야 할 일이라고 외쳤다. 또 다른 누군가는 학급비로 차이리리의 회식비를 대신 내 주는 것에 찬성했다.

그때, 갑자기 누군가가 이렇게 외쳤다.

"그치만 우리가 훔친 것도 아니잖아요."

"누가 훔쳤대, 누가!"

왕 선생님의 목소리가 한층 커졌다.

"우리 반에 도둑이 있을 리 없어."

울음이 터지기 직전인 차이리리가 마치 흐느끼듯 말했다.

"원래는 엄마가 회식비를 안 주신다고 했는데, 제가 한 달 동안 엄마 국수가게 일을 돕는다고 말해서 겨우 받은 돈이란 말이에요. 정말로 필통 안에 잘 넣어 두었어요."

차이리리의 부모님은 야시장에서 노점상을 운영했다. 집안 형편이 넉넉지 못하다는 건 반 아이들도 전부 아는 사실이었다.

왕 선생님은 교탁 쪽으로 걸어가며 차이리리를 위로했다.

"걱정하지 마, 그 돈은 선생님이 대신 내 줄게."

"선생님, 안 돼요!"

장페이페이가 큰 소리로 외쳤다.

"제 생각엔 학급비에서 충당하는 편이 더 나은 것 같아요."

그러고는 화제를 돌렸다.

"우리 반에서 최근 절도 사건도 수차례 발생했으니까요. 그런데 정말로 도둑이 있는 걸까요?"

때마침 쉬는 시간을 알리는 종이 울렸고 학생들은 삼삼오오 교실 밖으로 몰려 나갔다.

천융허는 그 누구와도 눈을 마주치지 않은 채 이글거리는 눈빛으로 칠판을 응시했다.

이 주일 뒤, 이빈에는 지우유춘의 고함 소리기 들렸다.

"누가 내 버스카드 가져갔어? 방금 전까지 책상 위에 있었는데."

더 이상 두고 볼 수만은 없었다. 왕 선생님은 학생들에게 주의를 주느라 수업 시간 중 꼬박 십 분을 써야 했다. 귀중품은 아무데나 두지 말아야 하고, 남의 물건을 멋대로 가져가는 것은 잘못된 행동이며, 이런 일이 발생했다는 사실은 반의 수치이자 부모님을 욕되게 하는 일이라고 말이다. 왕 선생님은 무거운 마음으로 이렇게 덧붙였다. 절대로 무고한 사람을 죄인으로 몰아가서는 안 되며 모든 사람을 공정하게 대해야 한다고.

하지만 문제는 전혀 해결되지 않았다.

저우유춘이 오만상을 찌푸리며 말했다.

"그거 어제 500위안 충전했단 말이야. 집에 가면 아빠한테 엄청 혼날 텐데."

그러더니 감정이 북받치는 듯한 목소리로 덧붙였다.

"선생님, 우리 반에 도둑이 있다는 건 기정사실이에요. 도둑을 잡아서 전부 배상하게 해야죠."

장페이페이가 끼어들었다.

"맞아요, 혹시라도 용기가 나지 않는다면 훔친 돈을 아무도 모르게 선생님께 돌려드리라고 하면 어떨까요. 그럼 선생님이 다시 돌려주시면 되잖아요."

장페이페이는 반 아이들을 자극하려고 작정한 사람처럼 한마디를 덧붙였다.

"도둑은 물건을 몰래 훔칠 능력이 있으니까, 훔친 돈을 아무도 모르게 선생님께 돌려 드릴 능력도 분명 있지 않을까요."

장페이페이의 말에 몇몇 아이들이 웃음을 터뜨렸고 뒤이어 누군가가 의미심장하게 말을 이었다.

"맞아요, 어쩌면 도둑이 우리 반을 상대로 게임을 벌이는 중인지도 몰라요. 본인의 솜씨가 감쪽같다는 사실을 증명해 보이고 싶어서요. 그게 아니라면 괜한 분풀이일지도 모르고요."

교실 안에 무언가 이상한 기운이 감돌자 왕 선생님은 방금 말을 마친 학생을 바라보며 이렇게 대답했다.

"함부로 말하면 안 돼. 선생님은 여전히 우리 반을 믿어. 모든 일은 우연의 일치였을 뿐이야, 비록 몹시도 기분 나쁜 우연이지만."

몇몇 아이들이 참지 못하고 천융허 쪽으로 고개를 돌렸다. 천융허는 전혀 개의치 않는 표정이었다.

"우연치고는 너무 심하게 잘 들어맞았죠."

장페이페이가 여전히 종알거렸다.

"다들 교과서 30페이지 펴."

왕 선생님이 말을 잘랐다.

집으로 돌아온 장페이페이는 황급히 장쉐에게 전화를 걸었다.

"장쉐, 우리 반 도둑이 누구인지는 너무 뻔하지 않니?"

"내 말이. 뻔하지 뻔해."

장쉐가 흥분한 목소리로 대답했다.

"쳇, 선생님만 그 도둑을 감싼다니까."

"그러게 말이야."

장쉐는 마치 장페이페이와 마주 보고 있기라도 한 듯 공이로 마늘을 빻는 것처럼 고개를 끄덕이며 말했다.

"게다가 She가 아니라 He라니까."

장쉐는 잠깐 멈칫하더니 이내 헤헤거리며 웃었다.

"하핫, 역시 정답을 아는구나."

"아마 모든 애들이 알고 있을걸. 도둑 자신도 포함해서 말이야. 어쩌면 선생님도 알 거야. 단지 현실을 마주하기 싫을 뿐이겠지."

장쉐가 다시 고개를 끄덕였다.

"맞아, 본인이 도둑의 스승이라고 인정하고 싶은 사람이 어디 있겠어. 너무 창피하잖아."

"만약 또 한 번 도난 사건이 발생한다면 그땐 선생님도 더는 숨기진 못할 거야. 반드시 해결을 봐야 할걸. 이미 학부모들도 이 사건에 대해 알게 됐다고."

장페이페이의 말은 정말이었다. 아이들이 집으로 돌아가 도난 사건에 대해 이야기하자 몇몇 엄마들은 그저 두고 볼 일만은 아니라는 반응을 보였다. 장페이페이의 엄마는 특히나 흥분해서 이렇게 말했었다.

"장페이페이, 선생님께서 반드시 이 일을 해결하도록 네가 잘 도와 드려. 잘못된 행동은 일찌감치 바로잡아야 해. 그래야 일말의 희망이라도 있는 거야. 안 그럼 나중에 인간쓰레기가 된다고."

장페이페이는 엄마의 말에 열성적으로 맞장구를 치며 만약 또 다른 사건이 발생한다면 반드시 알리겠노라고 대답했다. 만약 사건이 정말로 어쩔 수 없는 지경에 이른다면, 가령 왕 선생님이 누군가를 무턱대고 보호하는 바람에 사건의 진상이 끝내 밝혀지지 않는다면, 장페이페이의 아빠가 학교 일에 나설지도 몰랐다. 장페이페이의 아빠는 학부모회의 부회장이었다.

통화를 끝낸 장페이페이는 잠시 기다렸다가 또다시 휴대폰을 들었다.

"여보세요, 저우유춘?"

그날 저녁, 장페이페이는 몹시 바빴다. 방문 밖으로 줄곧 통화 소리가 흘러나왔다. 결국 엄마는 방문을 가볍게 두드렸다.

"페이페이, 열 시가 다 됐다. 그만 나와서 우유라도 마셔."

장페이페이는 엄마의 말에도 아랑곳하지 않고 계속해서 통화를 하며 한 손으로 책상 서랍을 열었다. 그리고 가장 깊숙한 곳에서 카드 한 장을 꺼냈다. 카드를 바라보던 장페이페이는 돌연 카드를 서랍에 다시 쑤셔 넣더니 쾅 소리가 나도록 서랍을 닫아 버렸다.

다음 날. 수업을 마치고 천용허는 서둘러 뤄추안 곁으로 다가갔다.

"이따가 농구 연습 하러 갈래?"

그러자 뤄추안이 깜짝 놀란 표정을 짓더니 얼버무리듯 대답했다.

"아... 그게... 안되겠다. 오늘은 학원 가야 해서."

천용허는 뤄추안의 가방을 붙잡으며 물었다.

"너, 왜 나 피하는데?"

"피하긴 누가 피한다고 그래."

뤄추안은 천융허를 뿌리치며 제 갈 길을 가다가 잠시 멈춰서더니 이렇게 말했다.

"리빙쉰을 조심하는 편이 좋을 거야."

그러고는 사방을 둘러보며 교실 안이 텅 비었음을 확인하고 한마디를 덧붙였다.

"걔가 얼마 전에 너를 두고 이렇게 얘기하더라. 네가 요즘 돈이 많아 보인다고."

"그게 무슨 뜻이야?"

"네 신발을 봐 봐, 보통 운동화가 아니잖아."

그러자 천융허가 소리쳤다.

"이건 할아버지가 사 주신 생일 선물이라고!"

뤄추안은 웃으며 대꾸했다.

"나도 그런 부자 할아버지 좀 있었으면 좋겠다."

"너, 나 못 믿어?"

"요점만 말할게. 난 반 아이들한테 왕따 당하고 싶지 않아."

뤄추안은 말을 마치고선 밖으로 뛰어나갔다. 천융허는 도저히 믿기지 않았다. 절친 뤄추안에게 이런 취급을 받다니!

도대체 여긴 무슨 세상이지? 애들이 전부 미쳤나?

천융허는 선생님을 찾아가서 전부 말해야겠다고 결심했다. 하지만 고민이었다. 선생님에게 뭐라고 말을 하지? 빈 아이들이 전부 색안경을 쓰고 봐서 기분이 나쁘다고? 아니면 가장 친한 친구가 더 이상 농구를 같이 하지 않는다고? 그래서 선생님이 반 전체를 상대로 주의를 줬으면 좋겠다고? 만약 그랬다간 모두한테 따돌림을 당할 텐데... 도대체 이 모든 일들이 어디서 시작됐을까? 이런저런 생각들로 머릿속이 복잡해진 천융허는 고개를 숙인 채 휑한 운동장을 터벅터벅 걸었다.

"100위안이 부족해!"

갑자기 장페이페이가 꽥 하고 소리를 지르자 왕 선생님은 이젠 정말로 쓰러지기 일보직전이었다.

"또 무슨 일이야?"

왕 선생님이 진지한 눈빛으로 학생들을 바라보며 물었다. 얼음처럼 차가운 목소리였다.

고개를 푹 숙인 장페이페이는 낮은 목소리였지만 또박또박 대답했다.

"기말 학급비를 방금 세어 보았는데요, 100위안이 비어요."

"돈을 어디에 두었는데?"

왕 선생님이 한 차례 깊은 심호흡을 하고 난 뒤 다시 묻자 장페이페이는 책가방을 가리키며 말했다.

"늘 조심하느라 돈은 가방에 넣어서 항상 제 옆에 두었어요. 조금 전 수영 수업 때만 빼고요. 가방을 들고 갈 순 없으니까요. 하지만 출입문과 창문은 모두 잠갔어요!"

"누가 교실에서 마지막으로 나갔지?"

"저요, 제가 전부 확인하고 마지막으로 나갔어요."

장페이페이가 대답했다.

왕 선생님은 미동조차 없이 멍한 눈빛으로 그 자리에 몇 분간 서 있다가 마침내 다시 입을 열었다.

"좋아, 우리 모두 이 문제에 대해 이야기해 보자."

장페이페이는 자리에 앉더니 장쉐를 향해 눈썹을 추어올려 보였다.

"요즘 우리 반이 무척이나 시끄러웠어. 누군가는 돈을 잃어버렸고, 또 다른 누군가는 돈이랑 다름없는 버스카드를 잃어버렸고. 문제는 두 가지야. 첫째, 누가 훔쳤을까? 혹은 이렇게 말해야겠지, 과연 도둑맞은 걸까? 두 번째는..."

장페이페이가 번쩍 손을 들었다.

"페이페이, 왜 그러니?"

"선생님 말씀은 도둑이 왜 돈을 훔쳤느냐, 이런 뜻인가요?"

"그러니까 선생님 말은, 도대체 왜 이런 일이 발생했는지를 말하는 거야. 왜 세 명이나 돈이 없어졌을까? 어째서 도둑이라고 생각할까? 그리고 왜 도둑이 우리 반에 있다고 생각할까?"

마치 진공 상태처럼 조용해진 교실 안으로 창밖의 매미 울음소리가 흘러들어 왔다. 바람 한 점 불지 않았고 책상 사이를 구석구석 꽉 메운 열기 때문에 숨 쉬기조차 힘든 무더운 여름날이었다. 누군가는 선생님의 말에 격하게 공감하는 듯했지만 누군가는 자신과 아무 상관 없다는 무심한 표정으로 칠판만 바라보았다.

"다시 한 번 강조하지만, 선생님은 우리 반에 도둑이 없다고 믿어. 이번 사건들에는 분녕 어떤 이유가 존재한다고 생각해. 정말 도둑이라면 바보

같이 같은 장소에서 또다시 뭔가를 가져가진 않았겠지. 게다가 이미 잔뜩 의심을 받는 상황에서 말이야."

왕 선생님은 계속 말을 이어 갔다.

"도둑이 얼마나 똑똑한지를 말하는 게 아니야. 가령 어떤 일들이 합리적인 사고의 범위를 넘어섰다면, 그런 경우에는 당연히 의문을 가져야 한다는 뜻이야."

장페이페이가 또다시 손을 들었다.

"선생님, 그럼 혹시 돈을 잃어버린 사람들이 거짓말을 한다는 뜻인가요?"

말이 끝나기가 무섭게 리빙쉰과 차이리리, 저우유춘이 동시에 입을 열었다.

"난 진짜야!!"

저우유춘이 덧붙였다.

"나는 아빠한테 한 달 동안 설거지하라는 벌까지 받았다고!"

그러자 왕 선생님이 다시 입을 열었다.

"너희들이 거짓말을 했다는 뜻은 아니야. 어쨌든 돈이 없어진 건 사실이니까. 하지만 돈이 없어진 이유가 꼭 도둑 때문은 아닐 수도 있잖니, 안 그래?"

선생님의 말에 저우유춘은 입을 비쭉 내밀었고 차이리리는 미간을 찌푸렸다. 리빙쉰은 고개를 가로저었는데 그 행동이 선생님의 말에 동의하지 않는다는 의미인지, 혹은 돈을 꼭 도둑맞은 건 아니라는 사실을 인정한다는 의미인지 알 수 없었다.

"물론 훨씬 편리하겠지, 아직 밝혀지지 않은 일에 대해 어떤 핑계를 대 버리면 말이야. 특히나 부모님한테 혼나지 않으려면. 도둑이 돈을 훔쳐 갔어요, 라고 말하면 그나마 책임질 일도 적어질 테고."

왕 선생님은 마치 심리 상담가처럼 권위적인 분위기를 풍기며 분석적 인 말투로 이야기를 이어 나갔다.

"하지만 분명히 말해 둘게. 선생님이 너희 몇몇의 생각을 비난하는 건 절대 아니야. 그러니까 오해는 하지 말길 바란다. 어떤 일을 바라볼 땐 수없이 많은 관점이 존재해. 그러니 하나의 관점만을 고집해선 안 된다 는 사실을 너희 모두에게 알려 주고 싶을 뿐이야."

수업이 끝나자 장페이페이가 장쉐를 교실 밖으로 끌고 가더니 흥분한 목소리로 외쳤다.

"선생님은 태도가 너무 미적지근하지 않니? 우리 반에 도둑이 있다는 사실을 한사코 부정하잖아, 분명 계속해서 돈을 도둑맞았는데 말이야."

장페이페이는 흥, 하고 콧소리를 내더니 이렇게 덧붙였다.

"선생님이 저렇게 물러 터졌으니까 도둑이 점점 더 날뛰는 거라고."

장쉐는 아무 말이 없었다.

한편 저우유춘은 교실 밖으로 나오다가 장페이페이를 보고는 황급히 몸을 돌렸다. 장페이페이가 저우유춘을 붙잡았다.

"저우유춘, 너 집에 돌아가면 아빠한테 분명히 말씀 드려. 버스카드는 반에서 누군가 훔쳐 갔다고. 우린 전부 누군지 알잖아, 안 그래?"

저우유춘은 장페이페이의 팔을 뿌리치고는 아무 대꾸도 하지 않은 채 반대쪽으로 뛰어가 버렸다.

"야! 너 혹시 괜한 동정심 때문에 도둑을 감싸 주려는 건 아니지?"

장페이페이의 목소리가 어찌나 컸던지 교실 안의 학생들이 웅성대기 시작했다.

천융허의 잘생긴 얼굴이 얼음장처럼 굳어졌다. 마치 당장이라도 날카로운 얼음 화살을 마구 쏘아 모든 걸 부숴 버릴 것만 같은 표정이었다.

장쉐가 소매를 잡아끌며 말렸지만 장페이페이는 코웃음을 치며 덧붙였다.

"나만 사리 분별할 줄 알고 나만 정의감에 불타는 거 아니잖아? 우리 반에 도둑이 존재하는데 누가 안심할 수 있겠어. 다음번엔 누가 당할 줄 알고."

그 답은 다음 날 바로 드러났다.

일 교시 수업종이 울리자 교탁 앞으로 걸어 나간 천융허가 무표정한 얼굴로 왕 선생님을 향해 이렇게 말했다.

"제 돈 1,000위안이 없어졌어요."

린
샤
오
치

◇◇◇

    사리 분별을 할 줄 아는 나이가 되면서부터 린샤오치는 늘 이사를 다녔다. 이사를 해 본 사람이라면 누구라도 알 것이다. 집을 옮길 때마다 살림살이가 점점 줄어든다는 사실을 말이다. 너무나 자주, 너무나 갑작스런 이사가 끊임없이 이어지는 과정에서 린샤오치는 많은 것을 잃었다. 남은 것은 아주 적었다. 그렇게 점점, 또 점점 줄어들다가 마침내는 아무것도 남지 않았다. 친구도 마찬가지였다.

    친구를 사귈 시간도 없었고 설사 사귄다 해도 우정을 나눌 만한 사이가 되기엔 시간이 턱없이 부족했다. 린샤오치에겐 친구가 거의 없었고 과연 자신에게 친구가 있었는지조차 이젠 기억이 나질 않았다. 그래서 린샤오치는 방법을 생각해 냈다.

    시작은 볼펜 한 자루였다.

    일용직을 전전하던 부모님을 따라 린샤오치는 또다시 근처 도시의 임

대주택으로 이사를 해야 했다. 린샤오치는 서랍을 열어 백화점에서 공짜로 나눠 준 볼펜 한 자루를 꺼냈다. 지난번 삼촌 집에 갔을 때 숙모가 준 것이었다. 사촌 동생에겐 필요 없을 이런 싸구려 물건이 린샤오치에겐 필요했다. 린샤오치는 노트를 한 장 뜯어 볼펜을 포장했고 다음 날 반에서 가장 잘산다는 아이에게 그 볼펜을 선물했다.

이 방법은 뜻밖의 효과를 불러일으켰다. 선물을 준 다음 날, 마치 동화 속 공주님 같은 그 아이는 엄청 감동받은 표정으로 린샤오치에게 다가와 말했다.

"너 전학 간다며? 좀 더 친해지지 못해서 정말 아쉽다! 다음 주 내 생일 파티에도 못 오겠네."

그러면서 은색으로 반짝이는, 작고 예쁜 지갑을 린샤오치에게 주었다.

아쉽다고? 린샤오치는 전혀 아쉽지 않았다. 다만 상대방이 준 선물에 감사할 따름이었다. 그 선물은 린샤오치의 '물물교환 게임'을 위한 첫 번째 밑천으로 안성맞춤이었다.

린샤오치는 전학 간 학교에서 같은 반 반장에게 그 지갑을 선물했고 반장은 린샤오치에게 외제 색연필을 주었다. 다음엔 그 색연필을 반에서 가장 인기 많은 여학생에게 선물했다. 그런데 뜻밖의 큰 수확이 돌아왔다. 평소 교우 관계가 좋았던 그 아이가 친한 친구들을 특별히 불러 모은 자리에서 린샤오치에게 아주 커다란 선물을 해 준 것이었다. 예쁘게 포장된 선물 상자 안에는 귀여운 모양의 가위와 스테이플러와 금색을 포함한 여러 가지 색깔의 중성펜 같은 각종 문구용품이 들어 있었다.

선물이 몹시 만족스러웠던 린샤오치는 그중에서 금색 볼펜 한 자루를

새 학교에 가져갔다. 지난달에 이 학교로 전학 온 린샤오치는 반 아이들을 향해 별생각 없이 이야기했다. 여름방학 때 도쿄 디즈니랜드에 놀러 갔다가 기념품 가게에서 예쁜 색깔의 볼펜을 발견하곤 색깔별로 하나씩 사 왔다고. 금색, 은색, 우윳빛 등 각종 색깔의 볼펜으로 카드를 쓰면 정말 끝내주게 예쁘다고 말이다!

새로운 학교의 아이들은 대체로 착해 보였다. 단 한 명, 장쉐는 좀 눈에 거슬렸다. 그 애는 마치 탐정처럼 늘 이것저것 캐물었다. 추리소설이라도 쓰고 싶은 걸까, 아니면 아이들 앞에서 자신이 영리하다는 사실을 증명하고 싶은 걸까? 린샤오치는 이런 장쉐를 마음속 깊이 미워했다.

예를 들어, 린샤오치가 도쿄의 디즈니랜드에 대해 이야기하면 장쉐는 대뜸 이렇게 물었다.

"뭐 타고 갔어? 우리 이모가 그러는데 디즈니 전용 열차를 탄다던데."

"정신 차려, 더워 죽겠는데 무슨 열차야. 택시 타고 바로 디즈니랜드 정문까지 갔지."

린샤오치는 또 이렇게 강조했다.

"차를 갈아타는 일이 얼마나 피곤한데, 누가 그런 유치한 전용 열차를 타겠다고 땀을 뻘뻘 흘리면서 걸어가겠니. 정신 차려."

'정신 차려'는 린샤오치가 입버릇처럼 하는 말이었지만 실은 매번 자기 자신에게 하는 말이기도 했다. 그런데 꼭 정신을 차려야만 할까? 린샤오치는 자신만을 위한 꿈의 영토가 절실히 필요했다. 그리고 모든 사람에겐 그럴 권리가 있었다. 스스로의 존엄을 지키고 존중받으며 살아갈 권리 말이다.

선물을 교환할 만한 친구는 언제나 존재한다. 이 사실을 증명하는 것이 린샤오치가 벌이는 게임의 의미였다. 설사 그 친구가 가짜일지라도 전혀 상관없었다. 린샤오치에게 특히나 중요한 것은 바로 상상력이었는데 언제나 낯선 환경 속에서 살아야 했던 린샤오치는 자신에게 친구가 엄청 많은 척, 자신의 인생이 눈부시게 찬란한 척을 해야만 했다. 린샤오치는 이별을 앞둔 시점에서 상대방에게 주는 선물로 그에 상응하는 거짓 우정을 만들어 냈다.

어쩌다 이렇게 됐을까? 린샤오치는 진작 이 문제에 대해 생각을 해 보았다. 그저 평범한 전학생이 될 순 없었을까? 부모님의 근무지가 자주 바뀌는 바람에 수시로 이사를 다녀야 하는 그냥 보통의 중학생일 순 없었을까?

사실 린샤오치는 그 답을 알고 있었다.

초등학교 3학년 때, 린샤오치는 같은 반 학예부장을 좋아했다. 항상 양 갈래 머리를 했던 그 아이한테서는 언제나 은은한 비누 향이 났다. 용모가 단정하고 깔끔했고 귀여운 만화 캐릭터를 정말 잘 그렸다.

린샤오치 역시 다른 여학생들과 마찬가지로 수업이 끝나면 학예부장 주위로 몰려가 헬로 키티나 미키마우스를 그려 달라고 졸랐다. 그림이 꽤 많이 모였다. 선이 간결하면서도 경쾌한 그림에서 달콤한 비누 향이 묻어났다. 하지만 린샤오치는 그림을 부탁할 만한 예쁜 종이가 부족했다. 일주일치 용돈을 간신히 모아 작은 핑크 노트를 샀는데 안에는 종이가 겨우 열 장 남짓뿐이었고 그마저도 이미 학예부장에게 통째로 넘긴 상태였다. 그런데 그 아이는 성격이 어찌나 꼼꼼한지 그림을 그리는 족

족 마음에 들지 않는다며 종이를 구겨서 던져 버렸다.

"제대로 못 그린 건 너한테 안 줄 거야."

목소리가 상냥했다.

"집에 가서 나 몰래 버릴지도 모르잖아."

이렇게 덧붙이자 주위 아이들은 하나같이 입을 모았다.

"절대 안 그래에~!"

그 아이는 몹시 득의양양한 표정으로 다시 고개를 파묻고 그림을 그리기 시작했다. 사방에서 감탄사가 터져 나왔다.

"완전 예쁘다!"

"진짜 귀여워!"

마침내 학예부장이 만족스럽게 완성된 그림을 건네주자 린샤오치는 왕의 하사품이라도 다루듯 황송한 태도로 그림을 받아들고서 조심조심 자리로 돌아왔다. 이미 종이를 다 써 버려 노트는 달랑 표지만 남은 상태였지만 린샤오치는 너무 기뻐서 심장이 터질 것만 같았다.

하지만 더 이상 예쁜 노트를 살 돈이 없었다. 며칠 뒤 옆자리의 샤오메이한테 연파랑 종이를 한 장만 빌려 달라고 부탁했지만 거절당했다.

"안 돼, 이 노트 방금 샀단 말이야. 그리고 오늘은 나한테 그려 줄 차례라고."

시간이 많지 않았던 학예부장은 순서를 정해서 하루에 한 명에게만 그림을 그려 주었다.

린샤오치는 그림이 너무도 간절하게 갖고 싶었다. 린샤오치는 동화책이 한 권도 없었기에 매일 밤 숙제를 마치면 그림들을 한 장씩 책상에

펼쳐 놓고 혼자서 이야기를 지어내 스스로에게 들려주었다. 그러고 있으면 가슴 깊은 곳에서 감탄이 우러나왔다.

"예쁜 애가 어쩜 그림도 이렇게 잘 그릴까? 이런 끝내주는 그림을 나한테 기꺼이 주다니!"

린샤오치는 요정처럼 어여쁜 그림을 또 갖고 싶었다. 순서대로라면 차례가 곧 다가오지만 문제는 더 이상 종이가 없다는 것이었다.

마침내 차례가 돌아온 그날, 린샤오치는 연신 미안하다고 말하며 오래된 달력 종이를 쭈뼛쭈뼛 내밀었다.

"우리 집 근처 문구점에는 예쁜 노트가 없었어. 일단 이 종이에 먼저 그려 주면 안 돼?"

학예부장은 고개를 들더니 미간을 찌푸리며 대답했다.

"난 한 번도 이런 종이에 그림을 그려 본 적이 없는데. 우리 집 달력 종이는 전부 재활용 수거함에 버리거든."

그러고는 한참을 인상을 쓰고 있었다. 마치 이런 생각을 하는 듯했다.

'나더러 지금 이렇게 조잡한 약방 달력 뒷면에 그림을 그리라고?'

그때 누군가가 그 아이의 소매를 잡아끌며 말했다.

"나가자, 우리 운동장에 가서 놀자."

그 말에 아이들은 재잘거리며 교실에서 줄줄이 빠져나갔다.

린샤오치는 너무나 창피해서 죽고만 싶었다. 자신이 그 아이의 그림을 모독한 것만 같았다. 재활용 수거함에나 버려야 할 더러운 폐지를 들이밀며 요정 그림을 그려 달라고 부탁했다니.

그날 이후로 린샤오치는 더 이상 그림을 얻기 위해 줄을 서지 않았다.

그럴 자격이 없다고 생각했다.

　몇 달 후, 린샤오치는 또다시 전학을 가야 했다. 그때부터는 부모님의
직업에 대해 입을 꾹 다물었을 뿐만 아니라 도리어 알게 모르게 유복한
분위기를 풍기고 다녔다. 수시로 외국 여행을 다닐 만큼 가정환경이 부
유하며 자신의 책상 서랍에는 세계 각국의 기념품이 그득한 것처럼 말이
다. 하지만 꼬리가 길면 잡히는 법이니 린샤오치는 언제나 조심해야 했
다. 그래서 말수가 점점 없어졌고 친구도 점점 줄었다.
　그런데 지금 같은 반에서 또다시 요정과 마주치고 말았다. 바로 반장
장페이페이였다. 곁에 다가갈 때마다 장페이페이의 머리카락에선 무수한
꽃망울의 향기가 어지러울 정도로 터져 나왔다. 린샤오치는 장페이페이
가 자신을 바라봐 주고 좋아해 주길 간절히 원했다. 수업을 마치면 은근
슬쩍 그쪽으로 다가가 장페이페이가 장쉐와 나누는 이야기를 엿들었고,
그 대화에 몇 마디 끼어들 수 있기를 바랐다. 미치도록 행복한 감정이 다
시금 린샤오치에게 찾아온 것이다.
　장페이페이는 가정환경이 꽤 좋아 보였다. 장페이페이의 필통은 무언
가 특수한 재질로 보였는데 린샤오치는 그 원단이 가죽이라는 사실을
미처 알지 못했다. 어느 날 장페이페이가 필통에서 펜 하나를 꺼내 들었
는데 펜대에는 아주 가느다란 선으로 이루어진 기하학적 무늬가 가득했
다. 린샤오치가 어디서 샀냐고 묻자 장페이페이는 무심한 말투로 이렇게
대답했다.
　"기억 안 나, 아마 파리 루브르 박물관이었을걸."

다행히 린샤오치에게는 그 어느 것과 견주어도 손색없는 금색 볼펜이 있었고, 그 볼펜은 린샤오치를 장페이페이와 동일한 높이로 끌어올려 주었다. 언젠가는 눈빛만 마주쳐도 마음이 통하는 친구 사이가 될지도 모른다. 그리고 다시 전학을 가기 전에 그 집에 놀러갈 기회가 생겨 그 아이의 또 다른 애장품을 구경하게 될지도 모른다. 하지만 절대로 저 밉상 장쉐와 함께 가지는 않을 생각이었다.

린샤오치는 장쉐가 전학을 가길 진심으로 바랐다. 혹은 장쉐가 절대 용서받지 못할 어떤 잘못을 저질러서 장페이페이가 깨닫길 바랐다. 장쉐와의 우정이 일말의 가치도 없다는 사실을 말이다. 그리고 본인의 곁을 충실히 지켜 줄 친구는 다름 아닌 바로 린샤오치 자신이라는 사실을 알아주길 바랐다. 그럼 설령 전학을 간대도 장페이페이와 시시때때로 통화를 하며 고민을 상담하는 사이가 될지도 몰랐다. 하지만 생각이 여기까지 미치자 절로 한숨이 나왔다. 장페이페이처럼 남부러울 것 없는 행운아에겐 고민거리도 없을 게 뻔하니까 말이다.

"일본에서 사 온 금색 볼펜이 왜 안 보이지?"

그날, 린샤오치는 반짝이는 볼펜을 자랑하며 장페이페이와 잠깐 수다를 떨었는데 문득 고개를 돌려 보니 펜이 사라지고 없었다. 그런데 곧바로 장쉐가 큰 소리로 이렇게 외쳤다.

"어라, 천융허의 필통에 그거랑 똑같은 펜이 들어 있는데?"

무슨 소리일까? 천융허는 그 펜을 훔칠 아무런 이유가 없었다. 남학생이 볼펜은 가져다 뭐하려고? 하지만 장페이페이의 생각은 다른 것 같았다. 장페이페이는 마치 천융허의 죄상을 낱낱이 밝히려고 작정한 사람처럼 보였다. 일부러 '장물'이라는 단어까지 사용하면서! 설마 천융허가 장페이페이를 괴롭히기라도 했었나? 하지만 그건 말도 안 되는 소리였다.

사실 린샤오치는 그 사건을 별로 대수롭지 않게 여겼다. 어쨌든 볼펜은 없어지지 않았으니까. 하지만 장페이페이가 무슨 생각을 하든 그것은 곧 린샤오치의 생각이 되었다. 린샤오치는 생각했다. 언젠간 장페이페이도 알게 될 것이라고. 나 린샤오치가 자기에게 얼마나 충성스러운 친구인지를 말이다. 그렇게 되면 늘 친구가 없었던 린샤오치에게도 마침내 요정처럼 감미로운 향기를 내뿜는 친구가 생기는 셈이다. 린샤오치는 지난번 학예부장의 일처럼 장페이페이를 실망시킬 생각도, 유일하게 손에 넣은 참된 우정을 허무하게 날려 보낼 생각도 없었다.

그래서 며칠 뒤 리빙쉰이 돈 500위안을 잃어버렸다고 소리쳤을 때, 제일 먼저 고개를 돌려 천융허 쪽을 바라보았다. 린샤오치는 마치 도둑을 체포라도 하는 양 매서운 눈빛으로 천융허를 노려보며 생각했다. 이렇게 해 주길 장페이페이도 원할 거라고.

리
빙
쉰

◇◇◇

"열심히 기도했더니 정말 효과가 나타나네."

리빙쉰은 자신에게 이토록 엄청난 행운이 따랐다는 사실이 믿기지 않았다. 얼마나 기뻤던지 숨이 꼴딱 넘어갈 지경이었다. 심지어 지난번 게임에서 아이템을 획득해 며칠 동안 좀처럼 깨지 못했던 레벨을 돌파했을 때보다 훨씬 더 기쁘고 행복했다.

리빙쉰은 이렇게 생각했다.

'분명 하느님이 나를 불쌍히 여기신 거야. 내 인생이 이렇게 힘드니까 천사를 보내서 구해 주신 거지.'

잔뜩 신이 난 리빙쉰은 침대에 벌렁 누워 베갯머리 맡에 두었던 만화책을 읽기 시작했다. 어차피 아빠는 집에 없었다. 오늘은 야간 당직이라 새벽녘에야 돌아올 것이다.

만약 리빙쉰의 인생이 힘들다고 한다면, 그건 뻥이 좀 심한 말이었다.

하지만 세상에 뻥 안 치고 사는 사람은 없을뿐더러 터무니없는 뻥이 제일 심한 사람은 바로 아빠라고 리빗쉰은 생각했다. 아빠는 낮이고 밤이고 리빗쉰을 향해 이렇게 말했다.

"요즘 애들은 다 상전이라니까. 우리 때는 뭐든 스스로 알아서 했다고."

그다음에는 이미 천 번쯤 들었던 아빠의 유년 시절 신화가 되풀이되곤 한다. 매일 학교를 마치고 집으로 돌아오면 부모님을 도와 가게에서 물건을 날랐고 밤이 깊어서야 겨우 저녁을 먹은 다음 숙제를 할 수 있었다, 그럼에도 불구하고 매번 시험에서는 일등을 놓치지 않았으며 벽에는 온갖 상장이 가득했다는 그 이야기 말이다. 이쯤 되면 리빗쉰은 항상 이렇게 소리치고 싶었다.

"아빠는 그런 성공담 좀 제발 그만 봐요, 책에 나오는 얘기 달달 외워서 자식 훈계하지 말고요. 그 논리대로라면 아빠는 지금쯤 엄청 출세했어야 하는데, 어째서 대형마트 재고 담당이나 하고 있는데요? 그러니까 결론은 기껏 고생하며 공부 열심히 해 봤자 결국 아무 소용 없다는 말이잖아요!"

물론 감히 아빠를 향해 이런 논리적인 분석을 들이댈 순 없었다. 리빗쉰도 분명히 알고 있었다. 비록 부유하진 않았지만 최선을 다해 생계를 책임지는 아빠 덕분에 리빗쉰의 집이 그럭저럭 먹고살 만하다는 사실을. 게다가 아빠는 휴일이면 기꺼이 본인의 쉬는 시간을 포기하고 가족들과 영화를 보러 가거나 교외로 외식을 하러 가는 등 요즘 젊은 사람처럼 행동하려고 노력하는 편이었다.

아빠의 잔소리는 단지 기분이 좋지 않다는 의미였다. 아빠도 분명 높은 자리까지 출세하는 꿈을 꾸었을 것이며 어쩌면 어린 시절엔 정말로 많은 상장을 받았을지도 모른다. 하지만 어느 베스트셀러 소설의 제목처럼 수많은 노력이 결국엔 죄다 헛수고가 되는 게 인생이다. 리빙쉰은 이렇게 생각했다. '과연 노력할 필요가 있을까?'

하지만 컴퓨터 게임만은 노력을 게을리하지 않았다. 최선을 다했다고 당당히 말해도 될 만큼. 리빙쉰은 친구들에게 종종 이런 말을 했다.

"난 가상의 컴퓨터 게임이 현실의 인생보다 훨씬 리얼하다고 생각해."

친구들은 그런 리빙쉰을 무시하며 '오타쿠'라 불렀지만 리빙쉰은 신경 쓰지 않았다. 오히려 웃으며 대답했다.

"칭찬 땡큐."

언제부터 컴퓨터 게임에 빠지게 되었을까? 기억이 나질 않았다. 하지만 초등학교 3학년 시절 늘 되풀이되던 장면만큼은 똑똑히 기억했다.

매번 체육시간이면 밥맛없게 구는 인간이 있었다. 바로 체육부장 천밍다였다. 천밍다는 피구를 할 때마다 일부러 공을 세게 던져 리빙쉰을 맞혔다. 공에 맞은 리빙쉰은 씩씩대며 선 밖으로 물러났고 자신의 작은 키와 뚱뚱한 몸을 원망했다.

새로운 반을 배정받고 3학년이 시작된 지 며칠 뒤의 어느 날이었다.

"리빙쉰, 우리 농구하러 가자."

수업이 끝나자 지난 이 년 동안 같은 반이었던 천밍다가 농구공을 손에 들고 리빙쉰을 불렀다. 하지만 한창 만화책을 보느라 정신이 없었던 리빙숸은 천밍다의 말을 무시했다. 게다가 그 만화책은 대여점에서 빌려 온 터라 그날까지 다 읽고 반납하지 않으면 벌금을 물어야 했다

천밍다는 리빙숸을 노려보나가 자기 자리로 돌아가서는 애꿎은 농구 공만 만지작거렸다. 아마도 친구를 미처 사귀지 못해서 같이 놀 애가 없 었던 모양이다. 저학년 때는 천밍다의 자리가 리빙숸의 바로 뒷줄이었지 만, 여름방학이 지나고 갑자기 리빙숸보다 머리 하나가 커 버린 천밍다는 이제 한참 뒷줄에 앉았다. 반면 리빙숸의 자리는 여전히 첫째 줄이었다.

다음 날, 천밍다가 또다시 농구를 하자며 다가왔고 리빙숸은 이렇게 대 답했다.

"나, 어제 다리를 삐끗했어."

다리를 다쳤다는 말은 사실이었다. 전날 밤 만화책을 잔뜩 안고 계단 을 내려오다 그만 발을 헛디뎠기 때문이다.

하지만 천밍다는 리빙숸의 말을 믿지 않았다.

"싫으면 싫다고 해. 됐어, 다른 사람 찾아볼게. 어차피 넌 난쟁이라 골 도 못 넣을 테니까."

어안이 벙벙해져 할 말을 잃은 리빙숸을 남겨 둔 채 천밍다는 농구공 을 끌어안고 저 멀리 사라졌다.

그 순간, 리빙숸의 머릿속이 윙윙대며 울렸다. 뚱뚱한 데다 키도 작다 는 사실은 본인도 잘 알고 있었다. 리빙숸은 가끔 거울을 들여다볼 때면 입을 비죽거리며 이렇게 원망하곤 했다. '엄마, 아빠 모두 키가 작으니 태 어난 나도 난쟁이일 수밖에.' 하지만 지금껏 이렇게 면전에서 대놓고 무시 한 사람은 아무도 없었다. 타고난 체격은 그저 부모에게 물려받았을 뿐,

원해서 이렇게 된 것도 아니잖은가. 리빙쉰은 분한 마음을 속으로 뱉어 냈다.

'네가 키 좀 크다고 뭐 그리 대단한 줄 알아?'

언젠가 만화책에서 본 내용이 기억났다. 남학생은 사춘기가 비교적 늦게 오기 때문에 고등학교 입학 뒤에 키가 크기도 한다고!

리빙쉰은 이렇게 스스로를 위로하며 작은 키에 연연하지 않으려 했다. 하지만 어쩐 일인지 천밍다는 그날 이후 다시는 리빙쉰에게 같이 농구하자는 말을 하지 않았다. 리빙쉰은 그 사실이 몹시 불만이었다. 두 사람은 예전엔 서로 만화책을 바꾸어 보는 사이였다. 하지만 이제 천밍다에겐 새로운 친구가 생겼고, 수업이 끝나면 천밍다와 친구들은 서로의 이름을 큰 소리로 부르며 운동장으로 몰려 나가 농구를 했다. 천밍다는 이미 리빙쉰에겐 관심도 없었다. 그뿐만이 아니었다. 천밍다가 체육부장에 뽑힌 뒤로 리빙쉰은 매번 피구를 할 때마다 천밍다가 공으로 자신을 맞혀 아웃시키려 한다는 사실을 감지했다. 어느 날, 역시나 리빙쉰이 맨 처음 공을 맞고 아웃되자 같은 편 여학생이 큰 소리로 이렇게 외쳤다.

"리빙쉰! 넌 왜 안 피하는데?"

리빙쉰은 속으로 물었다.

'천밍다, 넌 왜 그렇게 나를 못 죽여서 안달인데?'

이때부터 자신의 몸에 대한 불만은 서서히 다른 종류의 분노로 변질되어 갔다. 하지만 본인의 무력함을 깨달은 리빙쉰에겐 그저 숨는 것 말고는 다른 방법이 없었다.

리빙쉰은 점점 더 만화책 속으로 빠져들었고 또 다른 새로운 곳에서 인생의 의미를 찾았다. 바로 컴퓨터 게임이었다. 게임 속 세상에선 키가 작든, 뚱뚱하든, 비쩍 말랐든, 아무래도 상관없었다. 그저 아이템만 찾아내면 관문을 통과해 왕이 될 수 있었다.

"너도 운동 좀 하면 어떻겠니?"

어느 날 뜻밖에도 엄마가 이렇게 권유하자 리빙쉰은 손 안의 게임기 화면에 시선을 고정한 채 대답했다.

"난 학교 체육 활동에 참가할 생각이 전혀 없는데."

짜릿한 게임을 즐기려면 아빠가 집에 없는 틈을 이용해야 했다. 퇴근하고 돌아온 엄마 역시 저녁식사 준비로 바빠서 리빙쉰에게 더 이상 신경 쓸 겨를이 없었다.

리빙쉰은 이렇게 묻고 싶었다.

"운동 좀 잘하는 게 뭐 그리 대수라고?"

아빠의 잔소리를 피하기 위해 리빙쉰은 언제나 중간 정도의 성적을 유지했다. 그래야만 기본적인 용돈을 받을 수 있었는데, 새로운 게임을 사려면 거기에서 돈을 조금씩 모으는 수밖에 없었다.

7학년이 되고 난 뒤에도 리빙쉰의 몸에는 사춘기 남학생들의 급격한 성장기 징후가 좀처럼 나타나지 않았다. 자리는 여전히 맨 앞줄이었지만 리빙쉰은 더 이상 신경 쓰지 않았다. 리빙쉰에겐 게임의 다음 레벨로 넘어가는 일이 훨씬 더 중요했다. 이제는 온라인에서 다른 게이머들과 대화를 나눴고, 만나 본 적은 없지만 온라인에서만큼은 몹시 친밀한 게이머 친구들도 수없이 생겼다. 천멍다니, 농구니, 피구니 이딴 것들을 누가 기억이나 한다고.

그런데 지난주 최신 게임을 시작한 지 며칠 지나지 않아 리빙쉰에겐 인생 최대의 위기가 닥치고 말았다. 아무리 시도해도 다음 레벨로 넘어갈 수가 없었던 것이다. 온라인상의 게이머 친구들이 하나같이 말했다.

"아이템을 사야 한다니까."

뭐가 됐든 사는 건 문제가 아니었지만 500위안은 결코 적은 금액이 아니었다. 게다가 부모님한테 뭐라고 하고 그 돈을 달라고 한단 말인가. 좀처럼 방법이 떠오르지 않았다.

그런데 하늘이 리빙쉰을 도왔다.

왕 선생님이 며칠 전 학생들에게 공지사항을 전달했다.

"다음 달 점심 급식비들 가져와라."

리빙쉰은 차라리 점심을 굶고 그 돈으로 게임 아이템을 살 작정이었다. 그런데 뜻밖에도 오늘 교실에 좀도둑이 나타났다. 천융허가 린샤오치의 볼펜을 훔친 것이다.

도대체 볼펜 하나를 훔쳐서 뭐하겠다고? 리빙쉰은 도무지 이해가 되질 않았다. 하지만 바로 지금이 모험을 감행하기엔 더없이 적절한 시기였다. 언젠가 만화책에서도 이런 계획을 본 듯했다.

일단 리빙쉰은 부모님에게 반에서 절도 사건이 발생했음을 알렸다. 그리고 일부러 볼펜이 아닌 돈이 없어졌다고 바꿔 말했다. 부모님은 고개를 절레절레 흔들며 학생이 하라는 공부는 안 하고 도둑질이라니, 세상이 어찌 돌아가는지 모르겠다고 한숨을 내쉬었다. 물론 리빙쉰도 한껏 과장된 연기를 펼치며 반 아이들 전부 도둑이 누군지 알지만 증거가 없을 뿐이라고 덧붙였다. 그러자 엄마가 고개를 끄덕이며 말했다.

"그런 일을 조사하기란 쉽지 않지, 돈에 이름을 써 둔 것도 아닌데. 너도 내일 낼 급식비 잘 간수해."

리빙쉰은 잘 간수한 급식비로 수업을 마치자마자 아이템을 샀다. 그러고 나서 그다음 날, 500위안을 도둑맞았다고 꾸며냈다. 설사 부모님한테 그 돈을 다시 못 받더라도 점심을 굶기로 했던 원래의 계획으로 돌아가면 그만이었다.

그런데 이토록 운이 좋으리라곤 정말 상상도 못 했다. 리빙쉰이 선생님에게 돈을 도둑맞았다고 말하자마자 누군가 고개를 돌려 천융허를 바라보았고, 그것은 분명 천융허가 도둑이라는 사실을 입증하는 행동처럼 보였다. 일이 이렇게 되자 반 아이들 모두와 선생님까지 돈을 도둑맞았다는 사실을 인정했고 선생님은 리빙쉰의 아빠에게 사과의 뜻을 담은 짤막한 편지를 보냈다.

아빠는 리빙쉰에게 500위안을 다시 주었고 엄마는 큰 소리로 이렇게 말했다.

"다음번 학부모 면담 때 선생님께 분명히 말해야겠다. 이건 그냥 넘어가선 안 될 일이야."

리빙쉰은 게임에 집중하며 한편으론 즐거워 죽겠다는 듯 히죽거렸다. 정말 재수가 좋았다. 오랫동안 골치를 썩였던 어려운 관문을 마침내 통과했으니 말이다. 그것도 아주 손쉽게.

차
이
리
리

◇◇◇

차이리리의 부모님은 야시장에서 노점을 운영했다. 친구들에겐 이렇게 말했지만 사실 일을 하는 사람은 엄마뿐이었고 아빠는 교도소에 있었다. 죄명이 뭔지는 차이리리도 알지 못했다. 가끔씩 엄마를 따라 면회를 갔지만 아빠를 봐도 아무런 느낌이 없었다. 교도소라는 공간은 사람을 완전히 다른 형태의 동물로 변하게 하는 것일까. 마치 책에서 봤던 동물원의 오랑우탄처럼 눈빛이 나태하고 무력했다. 하지만 차이리리는 진짜 동물원에 가 본 적이 없었기에 자신의 묘사가 적절한지 확신할 수 없었다. 밤에 일하는 엄마는 낮이면 잠을 잤고 쉬는 날에도 또래의 아이들이 갈 법한 곳에 데려가지 않았다.

차이리리는 계획을 하나 세웠다. 돈을 300위안 모아서 동물원에 가기로. 그 돈이면 왕복 차비와 음료, 점심값 외에 기념품도 살 수 있었다. 그 기념품은 유년 시절 모든 아이들이 마땅히 가 보아야 할 장소에 차이리리 역시 갔었다는 일종의 증명이기도 했다.

초등학생 시절, 선생님은 차이리리에게 동화책 한 권을 소개해 주었다. 책 속 어린 주인공에겐 끊임없이 나쁜 짓을 저지르는 망나니 같은 아빠가 있었다. 말하자면 아빠 자격이라곤 눈곱만큼도 없는 인간이었다. 작가와 선생님의 의도는 뻔했다. 열악한 조건 아래서도 기운을 잃지 말고, 나아가 용기를 내 스스로를 받아들이며 불우한 가정환경을 극복해 내라는 일종의 격려였다.

하지만 차이리리는 스스로에게 특별한 연민을 갖지 않았고 동정 따윈 필요 없다고 생각했다. 과연 연민과 동정이 필요할까? 무슨 소용이 있다고. 엄마는 늘 한밤중에 일을 했고 차이리리는 엄마가 하는 일에 대해 묻고 싶지 않았다. 어떤 일은 차라리 숨기는 편이 낫다고, 어쩌면 아예 묻지 않는 편이 가장 좋을지도 모른다고, 어렴풋하게나마 그렇게 느끼고 있었다. 알아야 할 일이라면 언젠간 말해 주겠지. 차이리리는 엄마가 하는 일에 대해 직접 설명을 듣기 전까진 부모님 직업란에 이렇게 적기로 했다. 서비스업. 그리고 사람들에게는 대충 이런 식으로 둘러댔다.

"부모님은 야시장에서 국수가게를 운영하세요. 저도 가끔은 학교 마치고 가서 음식을 나르거나 설거지를 도와 드려요."

훨씬 간단하고 안전한 방법이었다. 차이리리는 동정을 바라지 않았다. 그저 조용히 살고 싶을 뿐이었고 그 누구에게도 평온한 삶을 방해받고 싶지 않았다. 차이리리는 아무도 자신을 거들떠보지 않는 홀가분한 기분을 몹시 좋아했다. 아무도 알아주지 않고, 아무도 주목하지 않는 평범한 인간에겐 자유가 넘쳐났기 때문이다.

차이리리가 가장 좋아하는 일은 온전히 자신만을 위한 여러 가지 계획을 세우는 것이었다. 예를 들어 스무 살엔 혼자 유니버설 스튜디오 재팬 가기, 서른 살엔 혼자 이탈리아 여행 가기, 마흔 살엔 혼자 아프리카에 가서 자원봉사 하기 등등. 어떻게 이런 계획을 세우게 되었는지는 잘 기억나지 않았다. 언젠가 책이나 티브이에서 그런 장면을 봤던 게 아닐까 짐작할 뿐.

물론 지금 당장 실행할 계획은 혼자서 동물원에 가는 일이었고 이미 돈도 거의 다 모아 둔 상태였다. 하지만 천융허에게는 이 계획에 대해 절대 말하지 않을 작정이었다. 차이리리는 천융허가 정말 정말 싫었다.

차이리리의 집은 아파트 4층이었고 천융허는 바로 앞집에 살았다. 차이리리는 천융허와 어린 시절부터 가깝게 지냈다는 사실이 죽도록 원망스러웠다. 천융허가 자기 집 속사정을 알고 있는지, 그렇다면 다른 아이들한테 아빠 얘기를 하진 않을지, 너무나 걱정되고 조바심 났기 때문이다. 그럴 가능성은 거의 없어 보였지만 도무지 안심이 되질 않았다.

유치원 시절에 둘은 꽤 친한 사이였다. 기억하건대 그땐 손을 꼭 잡은 채 장난감 차를 함께 타고 유치원에 갔었다. 그로부터 몇 년 뒤 초등학생 때, 확실하진 않지만 차이리리의 아빠는 교도소에 가기 전까지 어딘가에서 장사를 했었다. 어느 날 아빠가 작은 초콜릿 상자를 집으로 잔뜩 가져왔는데 포장지에는 이런 문구가 적혀 있었다. '증정품. 판매를 금함.' 초콜릿 몇 개를 천융허에게 가져다주라는 아빠의 말에 차이리리는 예쁘게 포장된 상자를 들고 천융허네 집 초인종을 눌렀다.

문이 열리고 2학년 1반 동급생인 천융허가 머리를 내밀며 예의 바르게 물었다.

"무슨 일이야?"

차이리리가 이유를 말하자 천융허는 잠깐 머뭇거리더니 더듬더듬 이렇게 대답했다.

"우리 엄마가... 엄마가 그랬는데, 모르는 사람이 주는 선물은 함부로 받지 말랬어."

하지만 차이리리는 모르는 사람이 아니었다.

부끄러운 마음에 화가 치민 차이리리의 눈빛이 가정교육을 잘 받고 자란 천융허의 마음을 흔들었음이 분명했다. 천융허는 얼른 현관문을 열며 초콜릿 상자를 받아 들었는데 그러는 통에 상자 하나가 바닥으로 떨어졌다. 상자를 주우며 천융허는 몹시 과장된 태도로 고맙다는 인사를 건넸지만 그런 행동을 보며 차이리리는 왠지 모를 분노가 끓어올랐다. 아무 말 없이 굳은 표정으로 집에 돌아온 차이리리는 남은 초콜릿 상자를 몽땅 쓰레기통에 처넣었다.

그 행동을 본 아빠가 뺨을 거세게 후려쳤지만 울지 않았다. 차이리리는 아빠의 변덕스런 행동에 이미 익숙했다. 일상다반사로 벌어지는 이런 구타는 심한 상처를 남기지 않았고 기껏해야 몇 분 빨갛게 부어오른 뒤 바로 가라앉았다. 한편으론 좋은 점도 있었다. 흥분 상태가 진정되고 나면 아빠는 부녀 사이에 생긴 균열을 메우기 위해 평소보다 잘해 주었다. 때론 물건을 사 주기도 했다. 안타깝게도 대부분은 차이리리가 원하는 것이 아니었지만. 겉만 번지르르한 싸구려 정장이나 보기에도 거북한 큐

52

빅이 잔뜩 박힌 금색 샌들 따위는 필요없었다. 차이리리는 그저 다른 아이들처럼 동물원에 가고 싶었고, 그저 다른 아이들처럼 작은 원숭이 인형을 품에 안고 싶었을 뿐이었다.

유치원에서 천융허가 차이리리에게 이런 말을 했었다.

"동물원은 진짜 신나는 곳이야. 엄마가 정말 귀여운 원숭이 인형을 사주셔서 매일 밤 잘 때 안고 자. 맞다, 이따가 집에 가면 너한테도 보여 줄게."

하지만 천융허는 자신이 했던 말을 금세 잊어버렸다.

차이리리는 이런 상상을 했었다. 어느 날 천융허의 엄마가 아들을 데리고 놀러 나가면서 어쩌면 앞집에 사는 또래의 여자아이를 떠올릴지도 모른다는. 차이리리의 엄마 아빠가 부모 노릇을 제대로 못 한다는 사실은 천융허 엄마의 눈에도 뻔히 보일 테니 말이다.

하지만 점점 나이를 먹으면서 차이리리는 깨달았다. 그런 일은 결코 일어나지 않는다는 것을. 현대인은 당연하게도 서로에게 무관심하다. 엄마역시 차이리리에게 이런 주의를 주었다.

"다른 사람한테 자기 얘기를 함부로 해선 안 돼, 이웃한테도 물론이고."

차이리리는 사람들과 좀처럼 어울려 다니지 않는 다소 괴팍한 소녀가되었고 이제야 천융허의 초콜릿 사건을 어렴풋하게나마 이해할 수 있었다. 아마도 천융허의 엄마는 이웃집 남자가 무언가 불법적인 일을 한다는 사실을 알았을 것이다. 그래서 천융허에게 출처가 불분명한 선물은

받지 말라고 했을 것이다. 처음에는 아빠한테 몹시 화가 났지만 그다음엔 천융허를 증오하게 됐다.

매번 계단에서 천융허와 마주칠 때마다 차이리리는 무미건조한 표정을 지었지만 속으로는 이렇게 소리쳤다.

'너희 집이 그렇게 고결하고 고상하면, 왜 이사를 안 가는데? 우리 집이랑 멀리 떨어진 곳으로 이사 가란 말이야!'

고학년이 된 뒤로는 더 이상 천융허와 같은 반이 되지 않았다. 아파트 현관이나 계단에서 마주칠 때면 천융허는 여전히 살짝 고개를 끄덕이며 제법 매너 좋고 인간미 있게 인사를 했다. 반 아이들 사이에선 수많은 여학생들의 짝사랑 상대가 바로 천융허라는 얘기가 은연중에 떠돌았다. 차이리리는 이렇게 분석했다. 외모가 출중한 사람은 대부분 본인이 다른 사람보다 낫다는 우월감에 빠져 타인을 대할 때 몹시 거만하기 마련이다. 천융허처럼 그나마 좀 나은 경우엔 스스로를 박애주의자라 여기며 동정을 베풀고 귀족적인 척을 하며 사방으로 매력을 흘리고 다닌다. 그러니까 무지한 여학생들이 거기에 홀리는 것도 무리는 아니다.

차이리리는 콧방귀를 뀌며 선행가 코스프레를 경멸했다. 물론 이 점만큼은 인정했다. 비록 거짓으로 꾸미긴 했어도 천융허의 태도는 한결같았다는 것을. 유치원 때부터 줄곧 천융허는 '마음씨 착한 아이'였다. 함께 집으로 돌아오던 길에 떠돌이 강아지와 고양이를 우연히 마주쳤던 일을 차이리리는 아직도 기억했다. 천융허는 걸음을 멈추더니 다정스레 그 옆에 쪼그리고 앉아 강아지를 쓰다듬으며 말했다.

"정말 귀엽다. 하지만 엄마는 동물을 못 키우게 해."

차이리리도 말했다.

"진짜 귀엽네."

"맞다, 내일 집에서 육포 가져와야겠다. 얘들한테 먹이게."

천융허는 이렇게 말했지만 그 말을 까맣게 잊어버렸다. 차이리리에게 원숭이 인형을 보여 준다 해 놓고는 까맣게 잊어버렸듯이.

차이리리는 자신이 천융허라는 인간의 본모습을 똑똑히 알고 있다고 생각했다. 사람들은 천융허가 착한 아이인 줄만 알았고, 바로 이 점이 차이리리가 천융허를 경멸하는 이유였다.

차이리리가 천융허를 완전히 싫어하게 된 결정적인 이유는 초등학교 졸업식 날의 일 때문이었다. 홀로 집에서 나온 차이리리는 계단을 내려가다가 때마침 급히 올라오던 천융허와 마주쳤다. 졸업식 날이라 자못 떠들썩한 분위기 탓이었던지 천융허는 모처럼 말을 걸었다.

"좀 이따 부모님이 학교에 오신대. 커다란 꽃다발을 준비했다나 뭐라나. 촌스럽게시리."

천융허의 말에 차이리리는 그만 웃음을 터뜨렸다.

그런데 그때 천융허가 눈치도 없이 한마디를 덧붙였다.

"참, 너희 부모님도 오셔?"

부모님이 졸업식에 올 수 없다는 사실을 천융허는 알고 있는 게 분명했다! 어쩌면 아빠가 교도소에 가 있고 엄마는 정신없이 잘 시간이란 사실도 진작부터 알았는지 몰랐다.

'천융허, 굳이 나한테 그걸 확인해야만 했니?'

차이리리는 거칠게 내뱉었다.

"그래, 이렇게 사람을 모욕해야 천융허 너답지."

차이리리는 밖으로 달려 나갔다. 뒤에서 천융허가 외치는 소리가 들렸나.

"그런 뜻이 아니었어, 미안해-!"

차이리리는 결코 사과를 받아들이지 않았다.

그날 이후 차이리리에게는 당장 꼭 이루어야 할 인생의 목표가 두 가지 생겼다. 하나는 혼자 동물원에 가는 것이고 다른 하나는 천융허에게 치욕을 선사하는 것이다. 너도 당해 봐. 그래야 공평하지.

7학년에 진학하고 두 사람은 같은 반이 되었다. 차이리리는 같은 반의 수많은 여학생들이 바보처럼 천융허를 좋아한다는 사실을 눈치채고 몹시 기분이 나빠졌다. 천융허는 교우 관계가 좋았다. 특히나 여학생들은 꽃을 에워싸는 꿀벌처럼 천융허 주위로 몰려들었다.

하지만 그런 건 아무래도 상관없었다. 차이리리는 자신에게 특별한 관심을 보이는 사람이 없으며, 자신의 가정형편을 알고 싶어 하는 사람이 없다는 사실에 그저 기뻤다. 다시는 졸업식 날에 누군가로부터 부모님이 참석하시냐는 그런 끔찍한 질문을 받고 싶지 않았다.

그런데 천융허가 도둑으로 몰리는 일이 생길 줄은 정말 꿈에도 몰랐다. 처음엔 그 말을 믿지 않았다. 차이리리가 오랫동안 봐 왔던 천융허는 동급생의 볼펜 따위를 훔칠 인간이 아니었다. 하지만 차이리리는 애써 그 말을 믿으려 했다. 게다가 시간이 지날수록 하늘의 뜻이 점차 드러나기 시작하지 않던가.

며칠 뒤, 리빙쉰 역시 돈을 잃어버리자 차이리리는 집으로 돌아와 거울을 보며 깔깔대고 웃었다. 너무 정신없이 웃느라 하마터면 머리로 거울을 깨뜨릴 뻔했다. 반 아이들 사이에서는 '천융허가 도둑이다'라는 수군거림이 이미 시작된 터였다. 말도 안 되는 일이었다. 천융허는 도둑과는 가장 거리가 먼 타입이었다. 천융허는 엄마의 사랑을 듬뿍 받으며 아무런 걱정 없이 자랐고, 천융허의 부모님에게 동물원에 놀러 가거나 인형을 사 주는 일쯤은 아무것도 아니었다. 하지만 천융허의 억울함을 대신 풀어 줄 생각은 요만큼도 없었다. 차이리리는 아주 재미난 연극을 한 편 보는 기분으로 천융허의 고민 가득한 얼굴을 그저 주시하는 중이었다.

이토록 즐거운 기분은 정말 오랜만이었다.

차이리리는 단 일주일 만에 그 기분이 사라져 버릴 거라곤 전혀 예상하지 못했다. 어느 날, 그동안 모은 돈을 꺼내어 세어 보려는데 저금통 안에 들어 있어야 할 100위안짜리 지폐 여섯 장이 보이질 않았다. 바닥에 깔린 동전들만이 달그락거리는 소리를 낼 뿐이었다.

차이리리는 온 방안을 샅샅이 뒤졌다. 침대보까지 전부 벗겨 내 찾아보았지만 그럴수록 가슴만 더 답답해졌다. 차이리리는 마치 공기 중의 비누거품을 껴안은 듯 허탈한 심정이었고 금방이라도 온몸이 폭발해서 산산이 부서져 내릴 것만 같은 기분이었다!

먹지도 못하고 몇 달 동안 힘들게 모은 돈이었다. 그중 300위안은 기말 회식비로 낼 돈이었고 나머지 300위안은 휴일이 되면 혼자서 동물원에 다녀오기 위해 모아 둔 것이었다.

차이리리는 엄마한테 회식비 달라는 얘기를 할 생각이 없었다. 그랬다간 엄청난 잔소리만 돌아올 게 뻔했기 때문이다. 엄마는 언제나 같은 말을 몇 번이고 반복했다. 자신이 몹쓸 남자를 만나서 일생이 불행한 데다 발사식은 온 혜도 모르고 가만히 앉아서 주는 밥만 먹는다고. 그런 회식에 왜 참석해야 하냐, 돈 좀 아끼면 안 되겠냐, 엄마 힘든 거 몰라서 그러냐...

엄마의 독한 말들이 듣기 싫어서, 왜 반 회식에 참석하지 않느냐고 묻는 친구들의 질문을 피하기 위해서, 차이리리는 저녁 값을 조금씩 아껴 스스로 돈을 모으는 중이었다.

그런데 지금 그 돈이 하룻밤 사이 사라져 버린 것이다!

살면서 이토록 참담한 기분은 처음이었다. 차이리리는 잘 알고 있었다. 돈의 행방과 관련된 유일한 사람이 바로 엄마라는 사실을. 바로 며칠 전에 엄마는 이런 푸념을 했었다.

"새 옷을 언제 사 봤는지 기억도 안 나. 다음 달이 동료 결혼식인데 도대체 뭘 걸치고 가냐고. 커튼이라도 떼어서 입고 가야 할 판이네."

결혼식에 허름한 옷을 입고 간들 상관할 사람은 아무도 없다. 속상한 마음에 눈물이 흘러내렸고 차이리리는 이내 큰 소리로 목 놓아 울기 시작했다.

'나는 왜 정상적인 가정에서 살 수 없는 걸까? 나한테는 왜 보통의 엄마가 없을까? 교도소에 간 아빠는 또 어떻고. 내 운명은 왜 이따위지? 하늘은 왜 이토록 나에게만 가혹한 거야!

천융허 같은 인간은 어째서 저렇게 잘생긴 외모에 그토록 좋은 엄마까지 둔 건데? 걔랑 나랑 똑같은 사람인데! 심지어 우린 생일도 같은데, 그

러니까 같은 해, 같은 달, 같은 날에 태어났다고. 그런데 운명은 왜 이토록 다르냐고!'

엄마한테 돈을 돌려 달라고 말할 수 있을까 생각해 봤지만 그래 봤자 돌려받을 가능성은 없었다. 하지만 적어도 선생님한테는 말할 수 있었다. 학교에 와서 돈을 잃어버렸다고 말이다. 게다가 앞에는 반 아이들이 잘 닦아 놓은 길이 펼쳐져 있었다. 그저 표지판을 따라 걸어가기만 하면 되었다. 시간이 좀 흐르면 아마도 자신의 고통은 그 길 어딘가에서 사라질 것이다.

"천융허, 내가 일부러 너를 모함하는 건 아니야. 나에 비하면 네 작은 억울함쯤은 아무것도 아니니까."

차이리리는 눈물을 닦으며 화장실로 들어가 세수를 했다. 그러자 기분이 훨씬 나아졌다.

장페이페이

◇◇◇

　장페이페이는 작년 여름 독일에서 보낸 여름방학만 생각하면 뱃속이 부글부글 끓어올랐다. 만약 일 년 중 가장 끔찍한 일 세 가지를 꼽아 보라고 한다면 아마도 대답은 여름방학, 겨울방학, 설 연휴가 될 것이다. 다시 말해서 학교에 갈 수 없는 시간들이 장페이페이에겐 가장 끔찍했다. 집에서 보내는 시간 동안 엄마아빠와 끊임없는 전쟁을 벌여야 했기 때문이다.

　사실 그것은 전쟁이라기보다는 암암리에 벌어지는 신경전에 가까웠다! 서재에 늘어선 금색 테두리의 책장과 그 안에 가지런히 꽂힌 책들의 목록을 볼 때마다 장페이페이는 고개를 절레절레 흔들며 피식 웃음을 터뜨렸다. 책의 제목은 하나같았다. '자녀 훈육법 100선' '자녀 영어교육의 다섯 단계' '자녀가 학교 가기 전에 꼭 알아야 할 서른 가지' 등등 죄다 교육 전쟁에 관한 수칙들이었다. 엄마아빠는 '첫 아이는 책대로 키워야 한다'는 신념의 소유자였고 신경 써야 할 자녀는 무남독녀 외동딸뿐이었다. 장페이페이는 정말로 궁금했다. 이런 책에서 말하는 방법이 과연 자신에게도 통할까? 과연 효과적일까? 안타깝게도 그걸 증명할 방법은 애초부터 없었다. 장페이페이는 한 마리 실험용 생쥐였으며 과학적 절차의 단계를 따르는 엄마아빠의 교육 방식 속에서 지금의 모습으로 성장했다. 예전의 장페이페이가 어떤 아이였는지 아는 사람은 아무도 없었다.

딱 하나만은 확실했다. 장페이페이는 책에 나오는 모범 답안처럼 규율과 규칙에 순종하는 아이가 될 생각은 절대로 없었다. 장페이페이는 맹세했다. 절대로 그럴 일은 없다고! 하지만 이것이 장페이페이가 배은망덕하다거나 감사할 줄 모르는 아이라는 의미는 결코 아니었다.

다른 사람들이 보기에 장페이페이는 분명 금수저를 물고 태어난 행운아였다. 하지만 본인은 전혀 운이 좋지도 않을뿐더러 심지어 불행하다고 생각했다.

어쩌면 금수저란 서서히 독을 내뿜는 도금된 물질일지도 모른다. 그속은 펄펄 끓는 쇳덩어리인. 그런 환경에서 빚어진 어린 장페이페이는 감히 고통조차 호소할 수 없었다.

장페이페이는 지금껏 이를 악문 채 하루하루 버텨 왔고 고통으로 굳은 살이 단단히 박인 터라 자신은 더 이상 상처받을 일이 없다고 생각했다. 그런데 마음속 상처도 살갗의 통증과 상처처럼 금세 딱지가 앉고 아물까? 그때그때 다르겠지만 한 가지는 확실했다. 본디 천진난만하고 명랑했던 한 어린아이가 마음의 상처 때문에 세상에 적의를 품은 애어른으로 성장하고 말았다.

어릴 때부터 아빠와 엄마가 입버릇처럼 하는 말은 각각 '효율'과 '비용이 얼마 들어?'였다. 아빠는 과학기술 업계의 주요 임원이었고 엄마는 경제학과 교수였다. 장페이페이는 철이 들기 시작하면서부터 모든 일을 스스로 해야 한다는 사실을 깨달았다. 자수성가한 아빠가 이런 사실을 끊임없이 주입시켰기 때문이다. 엄격한 부모님 밑에서 장페이페이는 밥 한 번 여유 있게 먹지 못했다. 아주 어린 시절 겪었던 몹시 충격적인 일을 아직도 기억한다. 밥을 좀 천천히 먹다가 식사 시간을 넘겼는데 엄마가 눈앞에서 밥그릇을 가져가더니 음식물 분쇄기에 남은 밥을 쏟아 버린 것이다.

장페이페이는 기계가 내는 무시무시한 굉음에 너무 놀라 얼굴이 창백해졌지만 떼를 써도, 그렇다고 울음을 터뜨려서도 안 된다는 사실을 잘 알고 있었다. 그날 이후로 장페이페이는 두 번 다시 잘못된 행동을 하지 않았고 주어진 식사 시간에 맞춰 효율적으로 밥을 먹어치웠다. 어리광 따위도 부리지 않았다. 그래 봤자 돌아오는 것은 엄마아빠의 비웃음뿐이란 사실도 잘 알았기 때문이다. 한번은 아빠가 몹시 진지한 말투로 엄마에게 이런 말을 했었다.

"외국 사람들은 자식이 너무 귀엽다거나 예쁘다는 등의 과장을 하지 않아. 그런 타고난 요소는 개인의 노력과는 무관하니까. 우리도 아이가 어릴 때부터 이런 사실을 인지하도록 가르쳐야 해. 박수와 격려는 오직 노력할 때만 따라온다는 사실을 말이야."

좀 더 크고 나서 아빠의 말을 떠올릴 때마다 장페이페이는 마음속으로 이렇게 외쳤다.

'아이한테 귀엽다고 칭찬해 주는 건 어른의 당연한 의무라고. 아이가 그런 과장된 말을 듣고 진짜로 귀여워질지도 모르잖아.'

그 말이 틀렸다고 아빠와 논쟁하긴 귀찮았다. 이미 다 자라서 그런 과장된 말 따윈 더 이상 필요하지도 않았다.

"최고급 주택에서 윤택한 생활을 누리며 매년 해외로 휴가를 가는 이런 호사는 결코 하늘에서 저절로 뚝 떨어지지 않아."

아빠의 훈시 내용은 시종일관 이런 식이었다. 아빠는 재벌 2세니 3세니 하는 사람들을 무시했고 장페이페이의 머리를 쓰다듬으며 이렇게 말했다.

"아빠는 너한테 아무것도 물려주지 않을 거야. 원하는 바가 있다면 스스로 노력해서 얻어야지."

심지어 아빠는 친형이 돈을 좀 융통해 달라고 했을 때도 변호사가 보증한 차용증을 작성하고 나서야 돈을 빌려주었다.

초등학교 시절, 시험을 볼 때마다 엄마는 각 교과목의 난이도에 근거해 표를 작성한 다음 장페이페이의 지능지수에 맞춰 과목마다 몇 점을 받아야 하는지 목표 점수를 정해 주었다. 도대체 엄마가 그 표를 어떻게 만드는지 이해할 수 없었던 장페이페이가 물었다.

"엄마가 만든 표가 적절한 수준인지 어떻게 알아? 만약 엄마가 목표 점수를 일부러 높게 정해도 나는 그 사실을 알 수가 없잖아."

그러자 엄마는 웃으며 대답했다.

"아주 좋은 질문이야, 페이페이. 방금 네 태도는 마땅히 칭찬해 줘야겠구나. 2년마다 한 번씩 네 지능지수를 측정하고 교과서의 내용도 엄마가 아주 철저히 연구했어. 안심해, 엄마의 자료는 매우 과학적이고 근거도 충분하니까."

시험 점수가 1점 모자랄 때마다 벌점이 1점씩 쌓였고, 그 시험에서 벌점이 5점 이상 되면 밥을 한 끼 굶어야 했다.

"방금 말한 대로야, 어젯밤에 벌로 밥을 굶었어."

초등학교 2학년 기말고사에서 장페이페이의 벌점은 6점이었고, 따라서 그날 저녁은 굶어야 했다. 자기 전 우유 한 잔이 전부였는데 엄마는 우유를 영양학적으로 '완전식품'이라 믿었기 때문에 우유만큼은 중단해선 안 된다고 했다. 한 끼를 굶으며 느낀 생리적 고통은 장페이페이의 마음속에 또렷이 각인됐다. 당시 가장 친했던 친구에게 이 사실을 털어놓자 친구는 눈을 동그랗게 뜨며 말했다.

"그나마 나는 다행인 셈이네, 우리 엄마는 아무리 시험을 못 봐도 밥은 먹게 해 주니까."

그런 벌은 장페이페이도 처음이었다. 그 벌이 몹시 충격적이면서도 한편으론 몹시 우습다고 생각했기에 친한 친구를 붙잡고 자신의 처지를 하소연했을 뿐, 그 얘기가 담임 선생님의 귀에까지 들어갈 줄은 꿈에도 몰랐다. 오후가 되자 선생님은 조용히 장페이페이를 불러 이렇게 물었다.

"선생님이 부모님께 전화해서 얘기를 좀 나눠 볼까?"

순간 정신이 멍해진 장페이페이는 목이 떨어져 나갈 만큼 거세게 고개를 가로저었다. 장페이페이는 2학년 담임이었던 쥔쥔 선생님을 무척이나 좋아했다. 만약 쥔쥔 선생님이 부모님한테 욕을 먹는다면 자신이 혼날 때보다 훨씬 괴로울 것 같다는 생각이 들었다.

장페이페이에게 쥔쥔 선생님은 가장 그리운 사람이었다. 선생님은 사소한 일에도 잘 웃었고 늘 얼굴에서 미소가 떠나지 않았다. 한번은 수업 시간 중간에 꿀벌 한 마리가 교실로 들어오자 선생님이 비명을 지르며 교과서를 집어 들고 벌을 쫓아내려 애썼다. 책을 마구 흔들던 선생님은 이내 깔깔대며 웃음을 터뜨렸다.

"어쩌다 꿀벌이 나타났을까? 얘들아 겁내지 마, 겁낼 필요 없어."

반 아이들은 전부 자리에서 일어나 꿀벌을 쫓아 이리저리 뛰어다녔고 아무런 이유 없이 쥔쥔 선생님을 따라 큰 소리로 웃었다.

그 장면이 장페이페이에겐 영원히 잊지 못할 유쾌한 순간이었다. 기분이 안 좋을 때마다 그때 그 장면을 떠올리곤 했다.

그런 쥔쥔 선생님이 아빠한테 싫은 소리를 듣는 게 싫었다. 애초부터 아무에게도 말을 해서는 안 되는 일이었다. 장페이페이는 그 뒤로 엄마 아빠의 엄격한 훈육 방식에 대해 입을 꾹 다물었다.

이런 과정 속에서 언제나 반에서 삼 등 밑으로 떨어지지 않는 우수한 학생으로 자랐다. 교육부에서 학생들의 석차 표기를 금지한 뒤에도 장페이페이는 여전히 엄마가 작성한 점수표를 따라야만 했다. 다행히 공부와 시험은 전혀 어려울 것이 없었다. 장페이페이는 이렇게 믿어 의심치 않았다.

"이 세상에는 분명 저울이 존재해. 고통의 무게만큼 보상이 주어지는 걸 보면 말이야."

장페이페이는 두 번 다시 밥을 굶는 벌을 받진 않았지만 마음속 한편에 그날 밤 느낀 허기짐이 먼지를 뒤집어쓴 채 영원히 남아 있었다. 한 끼 굶는다고 해서 크게 괴롭진 않았다. 하지만 도대체 이게 말이 되는 일인가. 부모님은 배울 만큼 배운 고학력자였고 사회적으로도 잘나가는 사람들이었다. 그런데 자기 애를 그토록 원시적이고 유치한 방식으로 훈육하다니, 정말 비극적이면서도 한편으론 우스운 일이 아닐 수 없었다. 장페이페이는 자신에게 그런 부모가 있다는 사실이 부끄러웠다.

7학년이 되고 중학교에 진학해 가장 기쁜 일은 여름방학마다 학교에서 보충수업을 실시한다는 사실이었다. 물론 성적이 몹시 우수한 장페이페이는 보충수업을 할 필요가 없었다. 하지만 엄마가 매년 계획하는 무료한 해외여행을 피할 수만 있다면 여름방학뿐만 아니라 겨울방학에도 학교에 가고 싶은 심정이었다.

사실 해외여행은 엄마의 '보충 교육 과정' 중 하나였다. 장페이페이는 매일 침대에서 뒹굴며 실컷 늦잠을 자는 방학을 원했다. 피아노 연습이나 과학실험 영재학원 따위만 없다면 방학 내내 하루 종일 멍하니 천장만 쳐다보고 지내도 좋을 것 같았다. 하지만 엄마는 작성한 목록에 맞춰 유럽의 각 국가들을 순서대로 방문할 계획을 이미 세워 두었다. 독일의 오래된 보루나 성을 둘러본 느낌은 이랬다. '뭐지? 그저 무미건조한 돌덩이나 벽돌 조각일 뿐이잖아.' 감동은커녕 아무런 느낌조차 없었다. 그나마 유일하게 괜찮았던 나라는 프랑스였다. 엄마는 장페이페이를 데리고 루브르 박물관을 둘러본 뒤 자신이 직접 준비해 온 내용을 학습시킨 다음 정통 프랑스식 크레페를 사 주었다.

자신에겐 그 무엇도 불평할 자격이 없다는 사실을 알고 있었다. 고급

스런 신발, 값비싼 손목시계, 유복한 가정환경 속에서 누리는 윤택한 삶. 사람들은 늘 장페이페이를 부러움 가득한 시선으로 바라보았다. 하지만 아무도 알지 못했다. 호사스런 여행, 그 여정 안에는 작열하는 태양볕을 오래도록 견뎌야 하는 과정 또한 포함된다는 사실을 말이다. 신실을 말하자면 사람들이 부러워하는 모든 것들은 인내의 결과물이었다. 장페이페이도 때로는 보통 아이들처럼 실수로 답을 잘못 적어 낼 수 있었고, 다음번엔 잘하겠다며 엄마아빠에게 응석을 부릴 수도 있었다. 하지만 엄마아빠의 인생 철학에 어리광 따위로 얻어지는 '불로소득'은 존재하지 않았다.

장페이페이는 생각했다. 이대로 참고 견디다가 성인이 되면 엄마아빠의 통제에서 벗어나 스스로에게 맹세했던 '평범한' 인생을 살겠다고. 그랬는데 7학년에 올라와 인생이 보상으로 주는 때 이른 선물을 받게 될 줄이야. 그것은 불행했던 유년 시절과 히틀러식 가정교육의 기억을 단숨에 쓸어 버릴 만큼 충분한 선물이었다.

학기가 시작되고 첫날, 장페이페이는 자리에 앉아 새로 배정받은 반을 둘러보았다. 초등학교 때부터 알던 얼굴이 다섯 명이었다. 그중 몇몇은 동경하는 표정을 지으며 살짝 수줍게 장페이페이를 힐끔거리는 중이었다. 나머지 몇몇이 미소를 지어 보이자 장페이페이 역시 최대한 상냥한 얼굴로 살짝 고개를 끄덕였다.

장페이페이는 진작부터 다른 아이들이 자기를 좋아한다는 사실에 익숙했다. 집에서는 느껴 보지 못한 그런 기분 덕에 학교 가는 것이 좋았다. 또한 엄마아빠가 제공해 주는 풍요로운 삶에 가끔씩은 감사하게도 되었다. 반 아이들이 전부 좋아하고 따르는 동경의 대상이 될 뿐만 아니라, 결국 많은 표를 얻어 반장으로 당선되는 이 모든 일들 역시 엄마아빠가 제공해 주는 풍요로운 삶 덕분이었다. 물론 장페이페이는 '원하는 것은 스스로의 힘으로 얻어야 한다'는 사실을 어릴 때부터 잘 알았기에 반아이들에게 작은 호의를 베풀었다. 집에서 먹다 남은 수입 과자나 사탕을 가져와 반 아이들에게 나눠 주어 환심을 샀고 자신을 환영받을 만한 사람으로 만들었다. 아이들로부터 받는 특별한 환대는 부지런한 노력의 결과물이었다. 그러나 집에만 돌아가면 장페이페이는 두터운 거짓 가면을 즉시 벗어 던졌다. 사실 가면을 쓰는 일엔 치러야 할 대가도 따랐다. 마음을 터놓고 이야기를 나눌 만한 진정한 친구가 단 한 명도 없다는 것, 이것이 그 대가였다.

장페이페이는 엄마아빠가 본인이 남들보다 한 수 위라고 생각하는 태도를 경멸했지만, 한편으론 자신 역시 그런 기분을 즐겼다. 모순일까? 장페이페이는 이런 난해한 논리를 생각하느라 시간을 낭비하고 싶진 않았다. 닭이 먼저일까, 달걀이 먼저일까? 이딴 케케묵은 문제로 골머리를 앓고 싶지 않았다.

그런 일상이 이어지던 어느 날, 갑자기 뒤에서 나지막한 웃음소리가 들리더니 누군가 장페이페이의 등을 톡 건드렸다. 고개를 돌려 보니 처음 보는 동글동글한 얼굴이 미소를 지으며 말을 건넸다.

"안녕, 난 장쉐라고 해."

장쉐는 동부의 아주 먼 지방도시에서 타이베이로 전학 온 학생이었다.

얼굴에서 왠지 모르게 광활한 들판의 청량하고 상쾌한 기운이 느껴지는 아이. 장페이페이는 그런 장쉐가 곧바로 좋아졌다. 어쩌면 미소 띤 동글동글한 얼굴이 조금은 쿤쿤 선생님과 닮아서인지도 몰랐다.

이제 막 전학 온 장쉐는 장페이페이가 상류사회에 속해 있다는 사실을 알 리가 없었다. 장쉐에게 장페이페이는 낯선 도시에서 우연히 조우한 첫 번째 친구였다. 학기 첫날, 수업이 끝나자 장쉐는 놀랍게도 장페이페이를 와락 끌어안으며 작은 목소리로 이렇게 속삭였다.

"있잖아, 소문에 의하면 예전에 우리 반 반장이 임신했었대. 진짜 대박이지?"

장페이페이는 몹시 놀랐다. 운이 나빴던 저 먼 곳 어딘가의 생면부지 소녀 때문이 아니라 거리낌 없이 이런 얘기를 전하는 장쉐의 태도 때문이었다. 장페이페이는 장쉐가 아직 뭘 잘 모르기 때문에 자기에게 속마음을 털어놓고 친근하게 대하는 거라고 생각했다. 보통은 감히 그 누구도 장페이페이에게 먼저 가까이 다가오지 못했다. 모두가 일정한 거리를 유지하며 순순히 따를 뿐이었다.

장쉐는 달랐다. 장페이페이를 데리고 패스트 푸드점에 가더니 아이스크림을 사 주었다. 장페이페이는 무언가에서 해방된 기분이 들었다. 집에 가서 저녁을 먹어야 한다는 생각은 저 멀리 던져 버린 채 세트 메뉴를 주문해 장쉐와 나눠 먹으며 지금까지 누리지 못했던 '평범한 보통 소녀'의 나날을 누렸다. 그날 저녁, 집으로 돌아온 장페이페이는 여전히 웃고 있었다.

그리고 신기한 일이 일어났다. 좀처럼 볼 수 없는 장페이페이의 밝고

쾌활한 모습 때문이었는지, 엄마 역시 미소를 지으며 평소답지 않게 이런 말을 했다.

"페이페이, 아빠는 오늘 야근이라니까 저녁은 우리끼리 나가서 먹자."

원래 엄마는 외식에 반대하는 사람이었다. 언제나 신선한 야채를 주문해 두었고 일주일에 한 번씩 친환경 매장에서 생선과 고기를 사 와 매일 집에서 요리를 했다.

그날 저녁, 장페이페이는 조심스레 엄마와 대화를 시작했고 살짝 과장을 더해 새로운 담임인 왕 선생님에 대해 이야기했다. 왕 선생님은 마치 몹쓸 남자에게 시집 간 젊은 부인 같은 모습인 데다 굴원*처럼 하루 종일 울상이라고 말이다. 엄마는 장페이페이의 이야기를 듣더니 큰 소리로 웃음을 터뜨렸다.

"굴원이라니! 네가 그런 비유도 할 줄 아는구나."

"헤헤, 비록 굴원의 얼굴은 모르지만 교탁 앞의 왕 선생님을 보면 진짜로 멱라강변에 서 있는 것 같다니까."

엄마는 또다시 웃음을 터뜨리며 티슈를 꺼내 눈가의 눈물까지 훔쳤다.

"페이페이, 네가 역사 공부를 정말 열심히 했구나."

엄마는 잠시 생각에 잠기더니 이렇게 물었다.

"역사적 인물 중에서 고른다면 아빠는 누구랑 닮았니?"

순간 장페이페이가 말을 잇지 못하자 역시 이런 주제는 적절하지 못하

• 屈原, 전국시대 초(楚)나라의 정치가이자 시인. 파직당하고 유배생활을 하던 중 돌을 안고 멱라강에 뛰어들어 생을 마감했다. (이하 각주는 모두 역자 주)

다고 느꼈는지 엄마가 먼저 대답을 해 버렸다.

"됐다, 조조 같은 사람 얘기는 그만하자."

장페이페이의 마음 한편이 서늘해졌다.

그로부터 며칠 뒤, 장페이페이는 엄마와 아빠 사이에 분명 문제가 있음을 확신하게 됐다.

장페이페이는 수업을 마치자마자 장쉐를 데리고 패스트 푸드점으로 가서 세트 메뉴를 주문했다. 둘이 가십거리를 얘기하는 시간이었다.

"내 생각엔 아빠가 바람을 피우는 것 같아."

입을 여는 순간 장페이페이는 스스로에게 놀라고 말았다. 자신이 오랫동안 고수해 왔던 '남에게 속마음을 털어놓지 말자'는 원칙이 너무나 쉽게 무너져 버렸기 때문이다.

그런데 장쉐의 눈빛은 그야말로 더할 나위 없이 기쁘게 반짝였다.

"우리 집이랑 똑같아! 똑같다고! 아빠가 바람을 피웠을 때 엄마는 이렇게 말했어. 돈만 제때 벌어다 주면 아무 상관 없다고."

두 사람은 동시에 깔깔대며 요란하게 웃었다. 그렇게 웃다가 장페이페이는 탁자에 엎드려 한숨을 내쉬었다.

"사람들의 삶을 뜯어보면 죄다 드라마 같지 않니?"

그러자 장쉐가 느닷없이 물었다.

"왜 드라마를 숍 오페라Soap opera라고 부르는지 알아?"

"아니, 생각해 본 적 없는데."

이번엔 장페이페이의 눈빛이 반짝였다. 장페이페이는 오직 시험을 위한 공부에만 몰두할 뿐이라 교과서 이외의 책은 엄마가 세운 규칙에 따라서

만 볼 수 있었다.

"나도 몰라, 헤헤."

그날 저녁 집으로 돌아오자마자 장페이페이는 인터넷을 찾아본 다음 장쉐한테 전화를 걸었다.

"원래 숍 오페라는 예전의 연속극을 부르던 말인데, 맨 처음에는 광고 형식으로 방송을 했었대. 그리고 프로그램 중간에 비누 광고가 자주 등장해서 숍 오페라라고 부른 거래."

휴대폰 너머에서 장쉐가 대답했다.

"그런 뜻이었구나. 다행이네, 그때 등장한 광고가 변기통이 아니어서 말이야."

장페이페이는 웃음보가 터지고 말았다.

"맞아, 맞아, 그랬다면 변기통 오페라가 됐겠네. 장쉐, 너 정말 천재다."

장쉐는 칭찬엔 별 반응이 없더니 느닷없이 물었다.

"근데 말이야, 넌 우리 반 천융허가 잘생겼다고 생각해?"

장페이페이는 줄곧 감정과 관련된 문제에 대해서는 본인의 의견을 드러내지 않았다. 같은 또래의 그 어떤 남학생도 성에 차지 않았고, 어렴풋하게나마 자신은 나중에 홀로 일생을 보내게 될 거라 짐작했다. 뭐, 그것도 나쁘진 않았다. 엄마처럼 잘난 대학 교수도 남자를 고르고 또 고른 끝에 결혼했지만 결과가 어떻더라. 엄마는 요즘 밤새도록 아빠와 싸웠고 장페이페이에게 아무런 간섭도 하지 않았다. 오히려 가끔씩 함께 외식을 하며 친밀한 모녀 관계를 새롭게 쌓아 가는 중이었다. 어쩌면 엄마는 경제학적인 관점에서 상냥한 딸 하나를 키우는 비용이 좀 더 저렴하다고 생각했을지도 몰랐다.

장쉐는 장페이페이의 집안 문제에 대해 듣고는 내내 '하핫' 웃으면서 이렇게 말했다.

"인간불탁, 인간불탁."

인간불탁人艰不拆. 최근 인터넷에서 젊은 사람들이 자주 사용하는 신조어로 '인생이 이렇게 험난한데, 굳이 들쑤시지 마라'는 의미였다.

장페이페이는 장쉐가 느닷없이 꺼낸 얘기에 담긴 소녀 감성을 알아차리고는 곧장 인터넷 용어로 이렇게 장난을 쳤다.

"조심해, 행여 천융허한데 십동연거하지 않도록."

십동연거十動然拒란 '엄청나게 공을 들인 결과, 상대방을 감동시켰지만 결국엔 차였다'는 의미였다.

그러자 장쉐는 한층 부드러워진 목소리로 이렇게 대답했다.

"실은 나도 알아, 내가 별로 안 예쁘다는 거. 하지만 동시도 서시와 마찬가지로 사랑할 누군가가 필요했다구.[*] 에휴, 근데 천융허는 나한테 별로 관심이 없어."

장페이페이의 가슴이 뜨거워지기 시작했다.

장쉐는 하늘이 인생에 보내 준 선물과도 같았다. 덕분에 이 세상의 진정한 즐거움을 맛보게 되었다고 굳게 믿었다. 자신의 마음을 이해해 주는 유일한 사람. 그런 장쉐가 지금 본인의 얘기를 털어놓으며 진심을 내

---

[*] 중국 춘추시대의 추녀 동시(東施)가 미녀 서시(西施)의 모습을 흉내 냈다가 빈축을 샀다는 이야기에 빗댄 표현.

보이고 있었다.

장페이페이는 그저 단순하게 생각했다. 그리고 이런 단순한 생각을 할 때가 가장 좋았다. 마치 2학년 때 교실로 꿀벌이 들어왔던 그날, 말로 표현할 수는 없었지만 모두가 순수하고 유쾌했던 그 순간처럼.

그래서 장쉐를 도와주기로 결심했다.

장페이페이는 서점에 가서 아주 비싼 카드를 한 장 샀다. 안쪽을 열면 금박으로 인쇄된 입체 말 그림이 나오는 카드였다. 감동적인 말들을 카드에 적어 내려갔다. 대략적인 내용은 이랬다. 장쉐가 정말로 너를 좋아한다, 그 감정은 아마도 천융허 네가 평생 한 번 만날까 말까 한 진심이니 부디 장쉐가 행복해질 기회를 한 번만 주길 바란다.

장페이페이는 반장이란 직위를 이용했다. 선생님을 도와 반 아이들의 노트를 교실로 들고 오는 길에 천융허의 노트 사이에 카드를 몰래 끼워 넣었다. 게다가 카드에 떳떳이 본인의 이름도 적었다. 제아무리 냉정한 인간이라도 저토록 유려한 문장을 읽고 나면 분명 감동해 마지않을 것이며, 따라서 '십동연거'와 같은 상황은 절대 벌어질 리 없다고 확신했다.

장페이페이는 몰래 천융허를 관찰하며 유심히 반응을 살폈다. 천융허는 살짝 의심스럽다는 표정으로 카드를 열더니 내용을 자세히 읽고 나서 멍하니 칠판만 바라보았다.

그다음은 이렇게 진행되었어야 한다.

잠시 후 천융허가 일어난다. 장쉐에게 다가가 미소를 지으며 자신의 휴대폰 번호가 적힌 쪽지를 내민다...

드디어 천융허가 자리에서 일어났다. 그런데 장쉐가 아닌 장페이페이의 자리로 다가왔다. 천융허는 카드를 책상에 내려놓으며 말했다. 낮은 음성이었지만 몹시 화가 난 말투였다.

"나힌테 이런 장난 좀 치지 마, 진짜 짜증 나."

장페이페이는 잠시 멍해졌다. '어떻게 이런 일이? 어떻게 자기를 놀린다고 생각할 수 있지?'

예상은 완전히 빗나갔다.

'천융허, 언젠간 대가를 치르게 될 거야.'

비로소 정신을 차린 장페이페이는 분노로 손을 바들바들 떨었다. 살면서 처음으로 맞닥뜨린 난관이었다. 천융허의 뒷모습을 노려보며 장페이페이는 속으로 생각했다.

'장쉐한테 말하지 않은 게 그나마 다행이야. 불쌍한 장쉐.'

그날 집에 돌아오니 아빠가 있었다. 장페이페이를 보자마자 아빠는 사랑 많은 척하던 평소 모습 대신 냉랭한 목소리로 이렇게 말했다.

"요즘 너랑 엄마 사이가 꽤 괜찮은가 보더라."

장페이페이는 혼란스러웠다. 아빠의 말에선 오래 묵힌 식초처럼 톡 쏘는 냄새가 묻어났고 장페이페이는 그 이유를 알 수가 없었다. 그때 방에서 나온 엄마가 역시나 매몰찬 목소리로 쏘아붙였다.

"집에도 안 들어오고 조강지처 볼 생각도 없으면 당장 나가. 애한테 화풀이하지 말고."

말을 마친 엄마는 장페이페이를 잡아끌며 현관으로 나갔다. 또각, 또각, 또각, 매끈매끈하고 값비싼 타일 위에서 하이힐이 내는 소리가 마치 문 안의 아빠를 향해 엄중한 경고를 보내는 것처럼 들렸다.

"엄마, 아빠랑 이혼해?"

장페이페이는 엄마가 괜히 에둘러 말하지 말고 직접 결론을 말해 주길 원했다. 하지만 엄마 입에서 그토록 냉소적인 말이 나올 줄은 차마 짐작하지 못했다.

"저딴 형편없는 놈을 더는 봐줄 수가 없어."

마음에 소용돌이가 일었다. 그렇게나 잘 어울리던 한 쌍의 결혼 생활에 결국 막장 드라마의 대사가 등장하다니.

엄마는 장페이페이에게 고상하지 못한 모습을 보였다고 생각했는지 얼른 분위기를 수습했다.

"미안, 엄마 말이 좀 심했네. 에휴, 네 아빠는 자기가 정말 잘난 줄 알아. 전에 엄마 말을 안 듣고 잘못된 투자를 하더니 큰돈을 손해 봤거든. 엄마 돈으로 손해를 좀 메워 달라기에 거절했더니 저렇게 화를 내는 거야. 신경 쓰지 마. 그리고 엄마는 이혼 안 해. 이혼은 너무 귀찮은 일이고 비용도 많이 들어."

엄마는 장페이페이가 이 상황을 제대로 이해했는지 별로 신경 쓰지 않았다. 대신 기어이 교훈 한 가지를 남겼다.

"잘 기억해 둬. 나중에 결혼한 뒤에도 네가 번 돈은 반드시 네가 쥐고 있어야 해. 절대로 남편한테 넘겨선 안 돼. 세상엔 믿지 못할 남자들이 너무 많아."

장페이페이는 생각했다. 남편한테 돈 몇 푼까지 일일이 따지는 이런 부인도 참 드물 거라고 말이다. 하지만 아빠를 동정하진 않았다. 아빠는 지금껏 장페이페이에게 진정한 부녀 간의 정을 보여 준 적이 없었다.

아빠를 보며 천융허를 떠올렸다. 그렇다, 일부 오만한 남자들은 한 방 제대로 먹여 코를 납작하게 해 줄 필요가 있었다. 장페이페이는 아빠가 아직도 저렇게 거들먹거리며 엄마와 자신을 함부로 대한다는 사실이 도통 이해가 되지 않았다. 그리고 그토록 오만하게 구는 천융허 역시 이해할 수 없었다. '좀 잘생기면 다야? 사랑에 빠진 소녀에게 단 한 번의 기회도 줄 생각이 없다니, 네가 뭐 그리 잘났다고! 그냥 친구조차도 안 된다는 말이야? 일단 만나 볼 수는 있잖아? 잘난 척은!!' 마음속에서 증오심이 이글이글 타올랐다.

장페이페이는 짐짓 귀족적인 체하는 그런 오만함을 경멸했다. 물론 자신도 예전엔 그런 모습이었다는 사실을 잘 알지만 지금은 많이 변했으니 면죄부를 받아 마땅했다. 린샤오치처럼 방학 때 일본에 다녀왔다는 둥, 무슨 특별한 기념품을 사 왔다는 둥의 쓸데없는 말을 장페이페이는 더이상 내뱉지 않았다. 전부 다 허영이었다.

'천융허, 네가 진짜로 무슨 왕자라도 되는 줄 알아?'

장페이페이는 한 소녀가 누려 마땅한 소소한 행복을 장쉐에게 선사함으로써 자신이 받은 행복을 보답하고 싶었다. 장쉐는 알지 못했다. 자신의 명랑함과 솔직함이 장페이페이에겐 또 다른 인생의 빛나는 지표가 되었다는 사실을. 귓속말로 아무렇지도 않게 풍문을 전하는 소탈함 덕분에 장페이페이가 전에 없던 따뜻함을 갖게 되었다는 사실도.

'천융허, 넌 이렇게 사소한 것조차 베풀 생각이 없단 말이지. 나중에 나를 원망하지 마.'

어린 시절, 벌을 받으며 느꼈던 허기짐이 뱃속에서 다시금 되살아났다.

자신을 공격하는 그 누구도 이젠 그냥 내버려 두지 않을 셈이었다.

복수의 기회는 생각보다 빨리 찾아왔다. 린샤오치가 일본에서 사 온 볼펜이 사라졌고 그것이 천융허의 필통에서 발견됐다. 이건 반드시 붙잡아야만 하는 기회였고 동시에 천융허의 코를 납작하게 무너뜨릴 기회이기도 했다. 설령 거짓말을 해야 한대도 상관없었다. 거짓말이란 때로는 선의에서 비롯됐고 비용 역시 저렴했다. 장쉐를 위해, 장쉐가 '루각불애累覺不愛*'에 빠지지 않도록, 장페이페이는 모든 전투력을 동원했다. 게다가 장페이페이의 손에는 작전에 협력할 장기알도 있었다. 바로 저우유춘이었다.

'천융허, 기다려. 내가 제대로 본때를 보여 줄 테니!'

• 너무 힘들어서 다시는 사랑할 수 없을 것 같다는 의미.

저
우
유
춘

◇◇◇

"도대체 사람은 죽으면 어디로 가지?"

언제부터 이 문제에 대해 생각하기 시작했는지는 기억하지 못했다. 짐작건대 다섯 살 때 엄마가 암으로 돌아가신 뒤였던 것 같다. 그때부터 이 문제를 죽어라 골똘히 생각했었다는 사실만 기억났다. 마치 눈앞에 깊은 골짜기가 펼쳐진 느낌이었고 그 골짜기는 저우유춘이 해답을 가지고 뛰어들길 기다리는 것 같았다. 골짜기로 뛰어들기만 하면 다시는 그런 질문을 할 필요도, 그 어떤 의심을 품을 필요도 없을 것 같았다. 친구들은 종종 말했다.

"저우유춘, 무슨 생각 해? 너 한참 동안 넋 나간 사람처럼 있었어."

골짜기 주변을 맴돌던 저우유춘은 그럴 때마다 비로소 정신을 차리고 대답했다.

"아, 아무것도 아니야."

엄마가 돌아가신 후 저우유춘을 돌봐줄 사람이 없자 아빠는 할머니 집으로 들어갔다. 그런데 채 일 년도 못 되어 할머니 역시 심장병으로 세상을 띠났고 설상가상으로 할아버지마저 중풍으로 쓰러지고 말았다. 부모님이 어린 딸을 보살펴 주리라 생각했던 아빠는 곤란한 상황에 빠지고 말았다. 외아들인 까닭에 달리 도움을 청할 만한 친척도 없어서 결국 간병인을 고용했다. 저우유춘은 초등학교 1학년 때부터 모든 일을 스스로 해야만 했고 간병인이 휴가를 갈 때면 할아버지의 기저귀를 갈아야 했다.

그때부터 저우유춘은 이상한 아이로 변해 갔다. 적어도 다른 아이들은 그렇게 수군댔다. 하지만 저우유춘은 그런 말을 듣고도 별다른 반응을 보이지 않았다. 온종일 냄새가 진동하는 집에서 사는 아이가 무슨 말을 할 수 있을까. 그 냄새는 어쩌면 할아버지의 소변 냄새였고, 어쩌면 며칠씩 묵혀 둔 옷에서 나는 땀 냄새였고, 어쩌면... 어쩌면 천진난만한 아이가 조숙하게 썩어 가는 냄새인지도 몰랐다.

"삶은 스스로 살 길을 찾는다."

저우유춘이 자신의 괴팍한 행동을 설명하기 위해 즐겨 인용하는 말이었다.

초등학교 3학년 어머니의 날, '나의 어머니'라는 주제를 본 저우유춘은 작문 노트에 이렇게 딱 한마디를 적었다. '죽었음.' 그리고 그때부터 본인의 괴팍한 성격을 점점 더 즐기게 됐다. 왜냐하면 노트를 본 선생님이 저우유춘을 혼내지도 않았을뿐더러 방과 후 더할 나위 없이 자상한 모습으로 패스트 푸드점에 데리고 가 햄버거 세트를 사 주었기 때문이다.

저우유춘은 자신의 슬픔이 가치 있는 상품이란 사실을 발견했고 그것을 같은 값의 연민과 교환했다. 저우유춘은 눈을 가늘게 뜬 채 이렇게 생각했다. 대폭 할인 판매를 해야겠다고. 아니나 다를까, 정말로 삶은 스스로 살 길을 찾아냈다. 짐짓 슬픈 기색만 보여도 주위 사람들은 따스한 온정을 베풀었다. 원래 온정이란 아주 손쉽게 얻을 수 있는 것이어서, 그저 얼굴에 철판을 좀 깔고 과장된 몸짓을 하면 자연스레 누군가가 보살처럼 다가와 고난으로부터 구해 주었다. 하지만 저우유춘은 자신의 두꺼운 얼굴을 별로 부끄럽게 여기지 않았다. 이 세상은 그녀에게 빚을 졌고, 자신은 단지 목이 말라서 사람들이 길가에 '공양한' 차를 마실 뿐이라고 생각했다.

3학년 2학기가 되자 저우유춘은 상담실의 단골손님이 되었다. 담임 선생님이 일주일에 두 번씩 아침 특별활동 시간마다 저우유춘을 상담실에서 '놀도록' 배려해 주었기 때문이다. 저우유춘은 선생님이 '놀다'라는 동사를 사용한 점이 마음에 들었다. 선생님은 분명 저우유춘이 상담실에 가서 심리 상담을 받길 바랐을 테지만 그 말을 직접적으로 표현하지 않았다. 하지만 아무래도 상관없었다. 정말로 놀러 갔기 때문이다.

"저우유춘, 혹시 두통은 없니?"

"저우유춘, 너랑 제일 친한 친구는 누구니?"

헝겊 인형을 품에 안은 저우유춘을 향해 상담 선생님은 사뭇 진지한 질문을 던졌다.

그런 순간이 참 좋았다. 누군가 엄마 같은 모습으로 자신을 보호해 주는 순간 말이다. 고작 삼십 분이었지만 그 시간 동안 어리광을 부리며 하고 싶은 말을 실컷 했다. 한번은 그림책에서 본 대로 선생님에게 상상 속 친구에 대한 이야기를 했더니 선생님은 재빨리 이렇게 말해 주었다.

"유춘, 선생님이 너의 진정한 친구가 되어 줄게."

그후로 이런 대화가 지겨워진 저우유춘은 말이 아닌 행동으로 게임 방식을 바꾸기 시작했다. 그리고 그건 가장 자신 있는 방식이었다. 저우유춘은 수업 시간에 갑자기 안절부절못하며 공허한 눈빛으로 허공을 응시했고 선생님의 말을 전혀 듣지 않았을 뿐만 아니라 다른 아이들이 전부 고개를 숙인 채 문제를 풀 때도 혼자서만 다른 행동을 했다. 그리고 마치 가상의 골짜기가 눈앞에 존재하듯 멍하니 칠판을 쳐다보았다.

상담 선생님이 미리 귀띔해 준 덕분에 선생님들은 이미 저우유춘의 특이한 행동에 익숙해진 터였다. 그저 제때 숙제를 제출하고 시험을 보기만 하면 다른 것들은 크게 문제 삼지 않았다. 게다가 아빠는 딸의 성적까지 신경 쓸 여유가 없었고 선생님들 역시 성적에 대해서는 쉽게 넘어가는 편이었다.

가끔은 초점 잃은 흐리멍덩한 눈빛이 진짜일 때도 있었다. 저우유춘은 생각했다.

'도대체 사람은 죽으면 어디로 가는 걸까?'

눈물이 주르륵 흘러내려도 닦아 내지 않았다. 그리고 그런 모습을 선생님과 다른 아이들에게 보여 주며 모두가 자신에게 더욱 관용을 베풀도록 유도했다.

그런데 5학년이 되어 새로 만난 담임 선생님에게는 이런 방법이 전혀 통하지 않았다. 도리어 학기 시작 첫날, 선생님은 저우유춘을 교무실로 부르더니 진지한 목소리로 이렇게 말했다.

"저우유춘, 하루 종일 그렇게 슬픔의 세계에만 빠져 있어선 안 돼. 선생님도 어릴 때부터 한 부모 가정에서 자랐지만 결코 비참하다고 생각하지 않았어."

저우유춘은 조금 놀랐다. 그리고 그 순간 명확하게 깨달았다. 슬픔을 빙자한 자신의 괴상한 연기가 더 이상은 무대에서 상연될 수 없음을.

살다 보면 수많은 삶의 레몬이 내동댕이쳐지고 짓이겨진다. 그것도 아주 강하고 거칠게. 그렇게 버려진 레몬들로 향기로운 주스를 만들어 낼 수 있는 사람이 몇이나 된다고.

저우유춘은 시무룩해진 채 교실로 돌아왔고 그때부터 전략을 바꾸어 어릿광대가 되기로 했다. 저우유춘은 더 이상 불행한 배역을 맡지 않았고, 먼저 즐거운 척을 하며 과장된 웃음으로 자신을 포장했다. 저우유춘은 삶의 고난과 정면으로 맞서 싸우고 싶었다. 게다가 불우한 환경은 더 이상 인기를 끄는 주제가 되지 못했다. 저우유춘은 사람들의 주목과 박수 소리를 원했고 자신을 위해 반드시 무언가를 쟁취하고 싶었다.

5학년 2학기부터는 더 이상 상담실에 올 필요가 없다는 통보를 받았다. 저우유춘은 이따금 아침 일찍 등교해서 일부러 상담실 복도를 지나쳤다. 그리고 엄마 역할을 대신 해 주었던 상담 선생님을 몰래 훔쳐보며 왠지 모를 감상에 빠지곤 했다. 저우유춘은 상담 선생님을 향해 손을 흔들며 옆에 앉은 여학생에게도 미소를 지었다. 예전의 자신처럼 헝겊 인형을 품에 안은 여학생을 보자 문득 이런 생각이 들었다.

'저 인형, 설마 세탁은 했겠지.'

저우유춘은 어디 한 군데 나사가 빠진 사람처럼 행동했고 그런 행동은 연기라기보다는 꼭 타고난 성격처럼 보일 정도로 자연스러웠다. 수학 선생님이 칠판에 연사 공식을 적으면 큰 소리로 하품을 했고 미술 시간엔 얼굴에 물감을 칠한 채 의기양양한 모습으로 교실을 한 바퀴 돌며 모두를 웃게 만들었다. 미술 선생님도 웃음을 터뜨리며 이렇게 말했다.

"저우유춘, 너는 나중에 꼭 개그맨이 되렴."

그랬다! 삶이 자신에게 무엇을 주든 저우유춘은 그것을 희극으로, 코미디로 바꾸길 원했다. 진짜로 짜릿했다. 바야흐로 저우유춘의 몸과 마음엔 활력이 넘쳤고 이 좋은 청춘을 할아버지의 기저귀나 갈며 냄새나는 집 안에서 허비할 순 없었다.

6학년 졸업식 날, 저우유춘은 자진해서 무대에 올라가 힙합 댄스를 추었다. 모든 동작이 마치 자빠지는 모습처럼 보여서 강당 안의 모인 사람들은 하나같이 웃음을 터뜨렸다. 무대에서 내려오자 역시 댄스 동아리에서 활동하던 반장이 눈을 흘기며 쏘아붙였다.

"저우유춘, 너 일부러 그러는 거지. 관심병자."

하지만 저우유춘은 아랑곳하지 않았다. 히죽거리며 익살맞은 표정을 지어 보이고는 그냥 자리를 피했다. 저우유춘에겐 댄스 말고 또 다른 순서가 남아 있었다. 역시 자진해서 졸업 단막극에서 선생님 역할을 맡았던 것이다. 저우유춘은 강당에 모인 사람들의 배꼽을 쏙 빼놓을 자신이 있었다.

저우유춘은 극도로 과장된 몸짓을 효과적으로 사용해 가며 청중들의 폭소를 자아냈다. 떠들썩한 웃음소리 속에서 저우유춘은 바닥에 쓰러지며 한층 극적인 목소리로 이렇게 부르짖었다.

"학생들아, 부디 가지 마오!"

사람들은 웃느라 숨이 넘어갈 지경이었다.

이런 것이 바로 저우유춘이 원하던 순간이었다. 비로소 이번 삶에서 사명을 찾은 듯했다. 쉰내 가득한 집 안에서 필사적으로 빠져나와 눈부시게 빛나는 모습으로 사람들의 호감을 얻은 것이다.

7학년이 되고 새로 진학한 중학교에는 아는 학생들이 몇몇 있었지만 대부분은 처음 보는 얼굴이었다. 저우유춘은 자신의 코믹 본색을 바꾸지 않았다. 매일같이 특이한 짓을 벌이며 수업 시간마다 선생님의 말을 전부 받아쳤고 선생님은 어쩔 줄 몰라 하며 어이없다는 반응을 보였다. 저우유춘은 자신이 가진 비장의 무기가 연기라는 사실을 깨달았고 언젠가 무대 위에 올라 그 재능을 뽐낼 기회가 오길 기다렸다.

유일하게 거슬리는 사람은 바로 반장 장페이페이였다.

장페이페이는 흡사 약삭빠른 여우 같았다. 저우유춘이 아무리 우스운 짓을 해도 언제나 고고한 모습으로 꿈쩍도 하지 않았다. 심지어 희미한 미소조차 짓지 않았다. 저우유춘은 이 점이 가장 화가 났다.

저우유춘은 어쩌면 자신의 진짜 모습을 알고 있는 장페이페이가 언제든 그것을 폭로할 준비를 하는 중일지도 모른다고 생각했다. 하지만 그건 절대로 안 될 일이었다. 이제야 가까스로 자신의 인생을 밝혀 줄 찬란한 등불을 켰는데 다시 캄캄한 어둠 속으로 돌아갈 빌미를 제공할 순 없었다.

저우유춘은 장페이페이를 어떻게 처리해야 할지 골똘히 생각하며 큰 서랍이 다섯 개 달린 낮은 옷장에서 할아버지가 사용하는 성인용 기저귀를 꺼냈다. 그리고 손을 가볍게 토닥이며 할아버지를 깨웠다.

"고맙다, 춘춘. 할아버지가 아무 쓸모도 없구나. 이렇게 너를 고생만 시키고."

할아버지는 짧은 몇 마디를 건네며 눈물을 흘렸다.

비록 마음속엔 원망이 가득했지만 이런 할아버지를 볼 때마다 자신의 역할을 차마 저버리지 못했다. 저우유춘은 잘 알고 있었다. 기세등등하게 시장을 누비던 할아버지가 이런 모습으로 침대에 누워 두 명의 나이 어린 여성에게 자신의 가장 은밀한 부분을 내보이며 보살핌을 받아야 한다는 사실이 얼마나 난처하고 부끄러울지 말이다. 할아버지가 느껴야 할 그 난감한 기분을 저우유춘은 견딜 수가 없었다. 할아버지의 얼굴을 똑바로 바라보지 못하고 그저 눈물만 닦아 드렸다.

'때로는 삶에 출구가 없기도 해요. 안 그래요, 할아버지? 혹은 아주 좁은 길 말고는 선택의 여지가 없어요.'

저우유춘은 한숨을 내쉬며 계획을 세웠다. '장페이페이 포섭하기.' 적과 전면전을 벌일 수 없다면 차라리 동맹을 맺는 편이 또 다른 살 길이었다.

장페이페이는 꽤나 부유한 집 딸로 보였기 때문에 금전이나 물건으로 포섭할 생각은 아니었다. 저우유춘은 장페이페이가 우두머리 역할을 몹시 원한다는 사실을 눈치채고 있었다. 좀처럼 지기 싫어하는 성격의 장페이페이는 조금의 망설임도 없이 반장직을 맡았고 앞에 나서서 다른 아이들에게 이것저것을 지시했다.

반면 저우유춘 본인은 그 누구에게도 속하지 않고 그 누구와도 편을 먹지 않을뿐더러 그 어떤 무리에도 끼지 않는 자유파였다. 가끔 반에서 투표로 무언가를 결정할 때면 일부러 반대표를 던졌다. 그럴 때마다 장페이페이가 냉랭한 눈빛으로 쏘아보았지만 저우유춘은 늘 그랬듯 어깨를 으쓱이며 나사 빠진 사람처럼 행동했다.

우두머리가 되고 싶어 하는 장페이페이의 욕망을 채워 주는 것으로 노선을 변경해 승부수를 던진다. 일단 이렇게 마음을 정했지만 저우유춘은 여전히 괴상한 짓을 하고 다녔다. 게다가 장페이페이 앞에서는 한층 더 심한 행동을 했다. 한번은 쉬는 시간에 일부러 장페이페이에게 다가가 과자 한 봉지를 건네며 한껏 콧소리를 섞어 말을 걸었다.

"우리 페이페이, 넌 정말 하늘에서 내려온 요정 같아. 우리 반의 마스코트라니까."

그러고는 한 바퀴 휙 돌더니 이상야릇한 목소리로 말을 이어 갔다.

"다른 반 수많은 남학생들이 너를 짝사랑 중이래. 필요 없으면 나한테 몇 명만 넘겨 줄래?"

반 아이들이 전부 웃음을 터뜨렸고 장페이페이는 콧방귀를 뀌었지만 미소가 살짝 느껴지는 눈빛으로 대꾸했다.

"쓸데없는 소리 하지 마."

그다음 학급회의에서 저우유춘은 장페이페이가 의견을 내놓을 때마다 박수를 치며 "찬성"을 외쳤다.

수업이 끝나자마자 장페이페이는 장쉐와 함께 저우유춘에게 다가가 물었다.

"너 미쳤어? 요즘 나한테 왜 그러는데?"

저우유춘은 일부러 우스꽝스런 표정을 지으며 대답했다.

"내가 너한테 뭘 어쨌다고? 내가 운이 너무 좋아서 너랑 같은 반이 됐는데, 성은이 망극할 따름이지."

하지만 너무 과장해선 안 된다고 생각했기에 힘없이 가느다란 목소리로 덧붙였다.

"알다시피 나는 친한 친구가 한 명도 없잖아. 너랑 장쉐를 보면 질투가 난다니까."

그러자 장쉐가 타이르듯 말했다.

"저우유춘, 좀 진지해져 봐. 계속 그렇게 행동하면 누가 너랑 마음을 터놓고 얘길 하겠어."

하지만 장페이페이는 모든 것을 이해했다는 듯 좀처럼 보기 힘든 상냥한 표정으로 이렇게 말했다.

"저우유춘, 앞으로 내가 도와줄 일 있으면 뭐든 말해."

그리고 다시 한 번 확실히 덧붙였다.

"방금 내가 한 말 진짜야."

저우유춘 역시 고개를 끄덕이며 대답했다.

"장페이페이, 너도 내 도움이 필요하면 뭐든 얘기해. 나도 진심이야."

장쉐와 장페이페이가 동시에 웃자 저우유춘도 미소를 지으며 말을 이었다.

"나를 바보 천치라고 생각하지 마. 나도 가끔은 몹시 똑똑해지거든. 장페이페이, 너한테 쿠폰 한 장 줄게. 어려운 일 생기면 내가 도와주겠다는 쿠폰이야. 유효기간은 졸업 전까지."

저우유춘은 손을 내밀어 장페이페이와 손바닥을 마주 댔다. 장페이페이의 경계심도 조금은 사라진 듯 보였다.

저우유춘이 허풍을 떨며 던진 말을 장페이페이는 놓치지 않았다. 반에서 천융허의 볼펜 사건이 발생하고 얼마 지나지 않아 장페이페이가 저우유춘에게 도움을 요청했다.

"저우유춘, 네가 준 쿠폰 좀 사용해야겠어."

장페이페이가 부여한 임무를 듣고 난 저우유춘은 잠시 주저했다. 다음 날 학교에 가서 왕 선생님께 돈을 잃어버렸다고 말해야 하는데, 반드시 교실 안에서 없어졌다고 말하라는 것이었다.

저우유춘은 단박에 눈치챘다.

"천융허한테 뒤집어씌우려고?"

"잘못을 했으면 마땅히 벌을 받아야지."

장페이페이는 답을 피하면서 오히려 냉정한 목소리로 저우유춘을 향해 따져 물었다.

"정말 궁금해. 넌 줄곧 실성한 사람처럼 행동하는데 도대체 그 뒤에 뭘 숨겼을까?"

"내가 숨기긴 뭘 숨겨? 나는 너처럼 무고한 사람을 모함하지 않아. 너야말로 네 잘못을 숨기고 싶은 거겠지."

이렇게 말하고 나니 조금은 속이 시원해진 느낌이었다. 그래, 도대체 그동안 뭘 그리 고민했을까? 같은 반에서 최소한 일곱 명이 한 부모 가정이었고 자신에겐 중풍에 걸린 할아버지가 한 명 더 있을 뿐이었다. 이게 뭘 숨기고 말고 할 문제인가?

하지만 반대로 이런 생각이 들자 저우유춘은 식은땀을 흘리기 시작했다. 그렇다면 혹시 다른 아이들이 진작부터 자신의 행동을 간파했던 건 아닐까? 그동안 다들 마지못해 맞장구를 쳐 주고 함께 어울려 줬던 걸까? 만약 그렇다면 세상천지에 둘도 없는 바보 머저리가 될 뿐이었다. 부끄럽고 분한 마음에 저우유춘의 얼굴이 벌겋게 달아오르기 시작했다.

"장페이페이, 죄 없는 사람에게 누명을 씌워선 안 돼."

이렇게 말하고 나서 저우유춘은 하마터면 웃음을 터뜨릴 뻔했다. 자신의 입에서 이토록 도덕적인 말이 나왔다는 사실이 믿기질 않았다.

장쉐가 곁에 없자 장페이페이는 완전히 다른 사람으로 변한 것 같았다. 냉혹해 보였고 도통 그 속을 알 수 없는 요상한 분위기를 드러냈다.

"나한테 도전할 생각 하지 마. 나를 건드렸다간 뒷일을 감당하지 못할 테니까."

아무 표정 없는 장페이페이의 얼굴은 충분히 위협적이었다.

팔에 소름이 돋았다. 살 길을 찾아야 해! 살 길을 찾아야 한다고! 박수 받지 못해도 상관없었다. 저우유춘은 그냥 평범한 하루하루를 살고 싶을 뿐이었다. 절대로 마녀 캐리의 심기를 건드려선 안 된다. 마녀 캐리는 스릴러 소설 속 여주인공으로, 일단 그녀의 복수가 시작되면 주변 사람들은 엄청난 힘에 의해 사지로 내몰렸다. 저우유춘은 지금 눈앞에 서 있는 장페이페이의 심기를 거스르는 바보 같은 짓은 절대 하지 않겠다고 마음먹었다.

"알겠어, 알겠다고. 내일 선생님한테 버스카드가 없어졌다고 말할게."

어차피 훔쳐 간 사람이 누구라고 말할 생각도 없는 데다 버스카드는 한낱 분실물일 뿐이었다. 교실에서 주전자나 우산이 흔히 없어지듯.

저우유춘은 자신의 발언이 쐐기를 박는 꼴이 되리라곤 미처 예상하지 못했다.

"누가 내 버스카드 가져갔어? 방금 전까지 책상 위에 있었는데."

다음 날 저우유춘이 버스카드가 사라졌다고 말하자 왕 선생님은 한바탕 설교를 시작했다. 확실한 것은 린샤오치의 볼펜이 사라지고 리빙쉰의 돈 500위안과 차이리리의 돈 300위안이 차례로 없어지면서 '반에 도둑이 존재한다'는 결론이 은연중에 형성되었고, 이제는 저우유춘의 버스카드까지 거기 합세했다는 사실이다.

살짝 당황한 저우유춘은 장페이페이를 힐끗 훔쳐보았다. 웃을 듯 말 듯 애매한 저 표정은 무슨 의미일까? 이러지도 저러지도 못하는 곤란한 상황이란 바로 지금을 두고 하는 말이었다. 저우유춘은 너무나 화가 났고 동시에 두려웠다. 이제 어떡하지? 연극은 이미 시작되었는데 관객들에게 별안간 이런 발표를 할 수도 없는 노릇이었다.

"미안, 내가 방금 피해망상이 도져서 엉뚱한 소리를 했네. 버스카드는 잃어버린 게 아니라 지갑 안에 있었어. 별일 아니야, 난 단지 천융허를 모함하려고 했을 뿐이야."

이렇게 말한다면 앞으로는 누가 상대해 줄까? 그동안 너그럽게 참고 받아 주던 친구들도 전부 경멸하고 비웃을 텐데. 만약 이 사실이 밖으로 새어 나간다면 이야기는 과장되고 부풀려져 엄청난 악담으로 돌아올 게 뻔했고 그럼 자신도 끝장이었다.

저우유춘은 몹시 괴로운 표정으로 연극을 계속할 수밖에 없었다.

"그거 어제 500위안 충전했단 말이야. 집에 가면 아빠한테 엄청 혼날 텐데."

그리고 몹시 화난 목소리로 한마디를 덧붙였다.

"선생님, 우리 반에 도둑이 있다는 건 기정사실이에요. 도둑을 잡아서 전부 배상하게 해야죠."

어쨌든 도둑이 누구라고 말한 것은 아니니까. 덧붙여 저우유춘은 이렇게 생각했다. '난 제대로 보상을 받아야 해. 이 세상은 나한테 갚을 게 있잖아.'

천융허에 대한 편견은 없었다. 저우유춘은 천융허가 그저 공교롭게도 불리한 시간에, 불리한 장소에 있었을 뿐이라고 생각했다. 진짜 도둑이 누구인지는 아무래도 상관없었다. 이 모든 건 자신과 무관했고 지금의 일을 자신에게 따지고 들 사람은 아무도 없었다. 탓할 사람은 바로 천융허 본인이었다. 그러게, 누가 애초에 볼펜을 훔치래.

뭐
추
안

◇◇◇

"뤄추안, 제발 부탁인데 이제 그만 좀 커라."

아들에게 이런 잔소리를 하는 엄마는 세상에 딱 한 명뿐일 거였다. 바로 뤄추안의 엄마였다.

"그만 좀 먹어, 그만. 그렇게 계속 먹으면 또 클 거 아니니. 필요한 영양분만 섭취하면 된다니까."

뤄추안은 초등학교 2학년 때부터 반에서, 혹은 전교에서 키가 가장 큰 학생이었다. 엄마도 처음엔 아들의 큰 키를 자랑스럽게 여겼다. 하지만 그것이 꼭 좋은 일만은 아니라는 사실을 알게 된 뒤로는 남편 쪽의 유전자를 원망하게 됐다.

뤄추안의 외모는 꼭 힘없는 대나무 같았다. 키는 비쭉하게 컸지만 너무 심하게 야위었고 마른 몸에 비해 동작은 굼떴다. 달리기를 하면 손발을 휘적거리다 항상 무언가에 걸려 자빠졌고 심지어는 본인의 발에 걸려 넘어지기도 했다. 체육 시간에 피구를 할 때면 상대편에게 가장 좋은 먹 잇감이었다. 그럼 농구라고 잘했을까? 결코 아니었다. 뤄추안은 드리블 조차 세대로 하지 못했고 몇 번 튀겨 보지도 못한 공은 손에서 달아나기 일쑤였다.

그래서 늘 아이들의 놀림감이 되었다. 나중엔 놀림받는 것에 너무 익 숙해져 버린 나머지 스스로도 자조 섞인 농담을 했다. 뤄추안의 생존 전 략이었다.

그런데 7학년이 된 뒤에는 그동안 느껴 보지 못한 아주 소소한 즐거움 이 생겼다. 같은 반에 아주 잘생긴 천융허라는 애가 있었는데 알고 보니 농구광이었다.

천융허는 뤄추안을 보자마자 농구 열정을 함께 나눌 친구가 나타났다 고 확신했다. 그래서 쉬는 시간마다 기어코 뤄추안을 농구장으로 끌고 나가 여러 가지 기술을 알려 줬다. 수업이 끝나면 둘은 약속이나 한 듯 이 나란히 걸어가며 드리블 연습을 했다. 심지어 천융허는 휴일에도 몇 번인가 자전거를 타고 집으로 찾아와 근처의 공원으로 농구를 하러 가 자며 뤄추안을 밖으로 끌어냈다.

천융허의 행동에 뤄추안은 몹시 감격했고 천융허를 둘도 없는 친구로 여기게 됐다.

하지만 늦은 밤 시큰거리는 손목과 발목을 부여잡은 채 좁은 침대에 몸을 구겨 넣고 있노라면 딱히 기분이 좋지만은 않았다. 이 망할 놈의 세 상은 오직 잘생긴 인간에게만 친절했기 때문이다. 뤄추안은 장쉐를 남몰 래 짝사랑했다. 그런데 제법 귀엽게 생긴 얼굴과는 달리 장쉐는 마음 씀

씀이가 정말 얄팍하기 그지없었다. 한번은 천융허와 함께 있는데 장쉐가 시원한 녹차를 사서 천융허에게만 건넸다. 두 개 사서 권하는 척이라도 할 수 있었잖아. 됐다, 됐어. 줄곧 우스꽝스런 짓을 자청해 왔으니 주어진 역할 역시 어릿광대 단역일 수밖에. 단역도 과분하지, 실은 그저 엑스트라일 뿐.

사라졌던 볼펜이 다시 주인을 찾은 그날, 사실 뤄추안은 모든 것을 보고 있었다. 장쉐가 잘못했지만 결코 고의가 아니라는 것도 알았다. 증인으로 나서서 장쉐를 고발할 생각은 없었다. 비록 천융허가 친한 친구일지라도 다른 아이들에게 오해를 받는 것은 자신과는 상관없는 일이었다. 게다가 설령 범인으로 지목된다 하더라도 모든 여학생들이 옹호해 줄 것이었다. 뤄추안, 쓸데없는 일에 힘 빼지 말자고.

하지만 며칠 뒤 리빙쉰의 돈이 사라지자 뤄추안의 마음속에 작은 파문이 일었다. 작은 물결은 점점 더 크게 소용돌이치며 뤄추안을 자극했다. 지금 이 상황을 다른 방향으로 바꾸려는 하늘의 뜻일까? 뤄추안은 누군가 천융허를 향해 화살촉을 겨누는 중임을 눈치챘다.

어떤 입장을 취해야 할까 고민이 되었다. 천융허와 가장 친한 것은 맞지만 그 사실이 자신의 고민을 해결해 주진 못했기 때문이다.

체육 시간마다 뤄추안은 여전히 모든 아이들의 놀림감이었다. 달리기를 하면 체육 선생님조차 이렇게 지적했다.

"뤄추안, 좀 정상적인 자세로 달릴 순 없니?"

선생님의 말에 아이들은 일제히 폭소를 터뜨렸다. 천융허가 다른 아이들과 마찬가지로 웃었는지 웃지 않았는지는 알 수가 없다. 눈에 살짝 눈물이 차오르는 바람에 제대로 보지 못했기 때문이다.

장쉐는 볼펜 도난 사건 이후에도 여전히 천융허 주변을 알짱거렸다.

"이따가 수업 끝나고 나랑 로봇 전시회 갈래? 표가 생겼거든."

역시나 뤄추안도 함께 있었지만 장쉐는 그를 마치 떠다니는 공기처럼 취급했다. 심지어 눈길 한번 주지 않았다.

리빙쉔이 돈을 잃어버린 뒤로 모든 아이들은 천융허를 주목하는 중이었다. 천융허에겐 몹시 미안한 일이었지만 이 모든 상황을 지켜보는 뤄추안은 살짝 즐거웠다.

그다음 주, 뤄추안은 너무 신이 나서 춤이라도 추고 싶은 기분이었다. 모두의 눈길이 천융허에게 쏠렸기 때문이다. 그래서 체육 시간이면 으레 뤄추안이 무언가 우스꽝스러운 짓을 하리라 기대하던 얼굴도 없어졌고, 줄을 설 때면 일부러 큰 소리로 이렇게 외치던 목소리도 사라졌다.

"와, 저기 앞에 웬 깃대가 서 있네. 리빙쉔, 빨리 네 팬티 저기 매달아."

이 시기의 아이들이란 때론 이렇게 잔인하고 냉혹하다.

하지만 뤄추안은 살짝 양심의 가책을 느끼며 초조해졌다. 어찌 됐든 천융허는 친구이니까. 하지만 천융허 역시 등 뒤에서 비웃었는지는 아무도 모를 일이었다. 그 애가 그러지 않았다고 누가 보장한단 말인가? 억울한 누명을 쓴 천융허를 보며 자신이 몰래 기뻐하는 것처럼 말이다. 모두의 관심이 천융허에게 쏠린 지금, 자신에게 시비를 걸 사람은 아무도 없었다.

게다가 이런 일은 금방 잠잠해질 게 뻔했다. 뤄추안은 심지어 그 점이 살짝 안타깝기까지 했다. 그렇게 되면 반 아이들은 머지않아 꺽다리 괴물을 다시 기억해 내고 놀려 댈 테니 말이다.

뤄추안은 아주 아주 아주 깊은 한숨을 내쉬었다.

하지만 뤄추안의 예상과는 달리 반에서 또 다른 절도 사건이 발생했다. 차이리리의 돈 300위안이 사라져 버린 것이다. 뤄추안은 너무 즐거워 미칠 지경이었다. 반장 장페이페이가 비록 정확히 누구라고 지칭하진 않았지만 은연중에 천융허를 도둑으로 지목했기 때문이다. 말도 안 되는 일이었다. 뤄추안이 아는 한, 천융허는 절대 용돈이 부족하지 않았고 도둑질 따위를 할 리가 없었다.

하지만 뤄추안은 점차 스스로에게 이런 질문을 던지기 시작했다.

"뤄추안, 너 정말 그렇다고 확신해?"

뤄추안이 정말로 천융허의 본모습을 제대로 이해했을까? 누구에게나 어두운 일면은 존재하기 마련이다. 인간은 성자처럼 순결하고 신성한 존재가 아니기 때문에 누구나 범죄를 저지를 가능성이 있다. 그래서 뤄추안은 감히 확신하지 못했다. 게다가 만약 이런 분위기가 계속된다면 그것은 자신에게도 나쁠 게 없었다. 최소한 당분간은 다른 아이들의 놀림감에서 제외될 테니 말이다.

뤄추안이 이런 생각을 하던 차에, 바로 장페이페이가 계책을 내놓은 것이다.

"선생님, 만약 차이리리가 정말로 돈을 못 찾는다면 학급비에서 그 돈을 대신 내 줘도 될까요?"

장페이페이의 말에 아이들은 이러쿵저러쿵 한마디씩 내뱉기 시작했다. 교실 안이 떠들썩해진 틈을 타 뤄추안 역시 큰 소리로 이렇게 외치고 말왔다.

"우리가 훔친 것도 아니잖아요."

뤄추안은 아무런 흔적도 남기지 않고 장페이페이를 도운 셈이었다. 다시 말해서 '우리 반에 도둑이 존재하며, 짐작건대 그 도둑은 바로 천융허'라는 가설이 더욱 확실해진 것이다.

뤄추안은 아무도 모르게 장쉐를 힐끗 바라봤다. 장쉐가 천융허를 경멸하는 표정을 지어 주길 간절히 바라면서.

왕
선
생
님

◇◇◇

　어린 시절, 왕징메이 선생님은 문학소녀였다. 아빠는 한 달에 한 번씩 왕징메이를 서점으로 데려가 동화책을 사 주었고, 문학 주간지도 정기 구독하게 해 주었다. 아빠 손을 잡고 서점으로 걸어갈 때면 양쪽 길가에서는 그윽하고 우아한 책 향기가 뿜어져 나오는 것만 같았다. 서점 안을 떠도는 희미한 묵향이 그 어떤 향수보다 향기롭다고 생각했다.

　책을 좋아하고 또 많이 읽는 꼬마 왕징메이는 한 여성 작가의 열렬한 팬이었다. 그 작가의 책이라면 무조건 사 달라며 아빠를 졸랐고 수업 시간 틈틈이 그 작가의 작품을 모방한 소설을 쓰기도 했다. 소설의 첫 페이지에는 제법 그럴듯한 '작가 소개'가 등장했는데 왕징메이는 뾰족하게 잘 깎은 연필로 또박또박 이렇게 적어 두었다. '왕징메이, 올해 열 살, 글쓰기를 좋아하는 소녀. 저서로는 〈초록 말의 바다 여행〉이 있음. 내년에 선보일 속편 〈초록 말의 하늘 여행〉도 기대해 주세요.'

왕징메이는 공들여 이야기를 쓰고 삽화까지 직접 그려 넣었다. 완성된 책을 부모님에게 보여 주자 아빠는 딸의 재능에 감동받은 표정을 지으며 웃음을 터뜨렸다.

"우리 집안에 대문호가 등장했네. 나중에 노벨문학상 트로피를 전시하려면 미리 책장에 자리 좀 마련해 둬야겠는걸."

엄마는 왕징메이의 소설 속 문장을 한눈에 알아봤고 역시 감탄하며 말했다.

"어, 그 동화작가 라이즈칭을 따라했구나. 왜 그 《하얀 말 시리즈》 있잖아, 전집으로 다 샀던 거."

왕징메이는 눈을 반짝이며 대답했다.

"맞아, 내일 우리 학교에 라이즈칭 작가님이 강연하러 온대. 너무 기뻐 미칠 것 같아. 딱 3학년 학생들만 강연을 듣는다니, 이건 진짜 행운이야!"

왕징메이는 자신의 '초록 말'이 마음에 쏙 들었다. 심장이 마치 빠른 박자에 맞춰 춤을 추듯 두근댔다. 왕징메이는 내일 강연을 들으러 갈 때 이 소설을 가져갈 생각이었다. 혹시나 자신의 소설을 작가에게 보여 줄 기회가 생길지도 모르니까. 왕징메이는 자신이 얼마나 열렬한 팬인지 작가가 알아줬으면 했다.

다음 날, 선생님으로부터 미리 교문에 나가 작가를 마중하라는 임무를 부여받은 왕징메이는 얼마나 흥분을 했는지 쓰러질 것만 같았다. 왕징메이는 애써 흥분을 억누르며 가장 친한 친구에게 말했다.

"심장이 터질 것 같아. 내가 라이즈칭 작가님 책을 얼마나 좋아한다고.

하도 많이 읽어서 거의 다 외울 정도야."

그러자 친구가 웃으며 대답했다.

"책벌레! 그러다 눈 나빠지면 너, 길에서 넘어진다."

시간이 되자 선생님은 왕징메이를 불러 얼른 교문 앞에서 대기하라고 했다. 왕징메이는 책에서 사진을 여러 번 봤기 때문에 작가의 얼굴을 이미 알고 있었다. 반 아이들을 복도에 줄 세우며 선생님이 말했다.

"고맙다, 징메이. 작가님을 만나면 곧장 강당으로 모시고 오렴."

선생님은 학생들을 집합시키느라 바빴고 강당에 가서 음향 시설도 점검해야 했기 때문에 왕징메이와 함께 갈 수 없었다.

교문 앞 보도블록이 햇살 아래 반짝반짝 빛났다. 열렬히 사모하는 작가를 행여나 놓칠세라 왕징메이는 눈을 동그랗게 뜬 채 교문 앞으로 지나가는 차들을 하나하나 유심히 살폈다. 그러다가 문득 깨달았다.

"어, 내 소설을 가방 안에 두고 왔잖아. 작가님에게 직접 보여 드려야 하는데."

왕징메이는 너무 화가 나서 자신의 머리통을 한 대 치고 싶은 심정이었다.

"얼른 뛰어가서 가져올까?"

초조해서 속이 타들어 갔다.

바로 그때 택시 한 대가 교문 앞에 멈춰 섰고, 아주 멋진 흰색 가죽백을 들고 최신 유행하는 선글라스를 쓴 작가가 차에서 내렸다. 왕징메이는 너무 긴장한 나머지 온몸을 덜덜 떨며 발걸음을 옮기다가 그만 교문 울타리에 걸려 넘어질 뻔했다.

"라이즈칭 작가님, 제가 안내할게요."

왕징메이는 감기에 걸려 목이 잔뜩 쉰 새끼 참새처럼 작은 목소리로 말했다. 너무 긴장돼서 미칠 지경이었디.

"그래, 고마워."

작가의 온화한 미소에 왕징메이는 살짝 안심했다.

교문에서 강당으로 가는 길에 있는 운동장을 지나칠 무렵이었다. 어색한 침묵을 깨야겠다고 생각했는지 작가가 왕징메이를 향해 물었다.

"꼬마 친구는 내가 쓴 책들 읽어 봤어요?"

왕징메이는 고개를 끄덕이며 마음속으로 크게 외쳤다.

'네! 네! 한 권도 안 빼놓고 다 읽었어요. 정말 열심히 읽었다고요. 몇 권은 세 번씩 읽었는걸요.'

하지만 너무나 긴장한 나머지 외마디 대답만이 흘러나왔다. 그마저도 생기가 없었다.

"네."

왕징메이는 자신의 입술이 미세하게 떨림을 느꼈다. 바보 같으니!

작가는 다시 온화한 미소를 지어 보였다.

강당까지 반쯤 걸었을 때 작가가 다시 물었다.

"그럼 그중에서 가장 좋아하는 작품이?"

왕징메이는 혼란에 빠졌다. 모든 작품을 다 좋아한다고 말해야 할까? 그건 너무 성의 없어 보이잖아. 그럼 어떤 걸 말해야 하지?《하얀 말 시리즈》는 너무 여러 권인데, 1편은 긴장감이 넘치고, 3편은 미스터리 같고, 5편은 눈물 콧물 흘리면서 읽었는데...

어떤 작품을 말해야 하나 골똘히 생각하던 왕징메이는 너무 긴장한 나머지 배가 살살 아파 왔다. 배가 아프다고 느끼기 시작하자 통증은 점점 더 심해졌다. 이런 본인의 모습에 화가 난 왕징메이는 주먹을 꽉 움켜쥐었다.

왕징메이는 마침내 《하얀 말 시리즈》 1편으로 결정을 내렸지만 미처 대답을 꺼내기도 전에 두 사람은 강당에 도착하고 말았다.

웃는 얼굴로 계단을 오르는 작가를 선생님이 맞이했고 왕징메이는 작가와 직접 대화를 나눌 소중한 기회를 그렇게 놓쳐 버리고 말았다.

직접 쓴 소설도 깜빡하고, 작가의 중요한 질문에 대답도 하지 못한 왕징메이는 그 모든 순간들이 화가 났다. 그나마 더 이상 배가 아프지 않아서 다행이었다. 왕징메이는 반 아이들 사이로 돌아가 눈을 반짝이며 자신이 가장 흠모하는 작가의 강연을 기다렸다.

과연 아이들이 가장 좋아하는 동화 작가답게 라이즈칭은 생동감 넘치는 표정으로 세 개의 이야기를 들려주었다. 심지어 소품까지 동원해 상황을 연출했다. 이야기가 클라이맥스에 이를 때마다 학생들은 일제히 깍깍대며 함성을 질렀다. 왕징메이 역시 목이 터져라 소리를 질러 댔다. 라이즈칭 작가는 이야기를 하면서 퀴즈를 냈고 정답을 맞힌 아이들에게 상품을 주었다. 물론 왕징메이는 모든 퀴즈마다 손을 번쩍 들었다. 더할 나위 없이 열정적인 태도로.

안타깝게도 퀴즈를 맞힐 기회는 없었지만 왕징메이는 아무래도 상관없었다. 라이즈칭 작가와의 만남은 마치 마법 세계의 천사를 만난 것과도 같았다. 그토록 훌륭한 이야기를 써 낸 사람이라면 인간이 아닌 천사가 틀림없었다.

　이야기를 모두 마치고 라이즈칭은 학생들을 향해 격려의 말을 몇 마디 남겼다. 책을 많이 읽고 착한 일을 많이 하라는 내용이었다. 그리고 이렇게 덧붙였다.

　"어린이란 가장 천진하고 선량한 존재입니다. 여러분 한 사람 한 사람 모두가 작은 요정이지요. 부디 그 순진한 아름다움을 오래도록 간직하길 바랄게요. 너무 빨리 어른이 되고 싶어 하지 마세요."

　아이들은 하나같이 고개를 끄덕였다. 모두가 말 잘 듣는 작은 요정처럼 말이다. 왕징메이는 다짐했다. 영원히 순수하고 귀여운 어린이로 남겠다고. 라이즈칭 작가 앞에서 맹세라도 하고 싶었지만 그러지 못한다는 사실이 안타까울 뿐이었다.

　하지만 라이즈칭 작가의 입에서 나온 다음 이야기가 모든 것을 바꾸어 놓았다.

　"어른들은 이따금 거짓말을 하지만, 어린이는 그래선 안 돼요."

　작가는 계속 말을 이어 갔다.

　"만약 내가 쓴 책을 읽었느냐는 질문을 받았을 때, 읽어 본 적이 없다면 그렇다고 사실대로 말하면 돼요. 일부 어른들처럼 책을 읽지도 않고서 열렬한 팬인 것처럼 행동하지 마세요. 만약 어떤 책을 가장 좋아하는지 다시 질문을 받는다면 분명 대답하지 못할 테니까요."

　라이즈칭 작가는 강당에 모인 아이들의 정직함을 테스트라도 하려는 듯 또 이렇게 물었다.

　"여러분은 내가 쓴 책을 읽어 봤나요?"

모두가 그렇다고 대답했다.

"그중에서 어떤 책을 가장 좋아하나요?"

곳곳에서 저마다 다른 대답이 튀어나왔다.

왕징메이는 자리에 앉은 채 잠시 멍해졌다. 심장이 엄청난 속도로 쿵쾅대기 시작했고 배에서 강렬한 통증이 느껴졌다. 왕징메이는 억지로 눈물을 참으며 선생님께 화장실에 간다고 말한 뒤 강당을 뛰쳐나왔다. 눈물이 뚝뚝 흘러내렸다.

그날 이후로 왕징메이는 라이즈칭 작가의 책을 단 한 권도 사지 않았다. 이유를 묻는 아빠의 질문에 별일 아니라는 듯 담담하게 대꾸했다.

"이제 다 컸잖아, 그 작가 책은 좀 유치한 거 같아서."

왕징메이는 그 일이 있고 난 뒤로 결심했다. 나중에 선생님이 되겠다고, 연약한 아이들의 마음을 절대로 오해하지 않고 단 한 명의 학생도 그냥 지나치지 않는 그런 선생님이 되겠다고 말이다. 가해자가 아닌 보호자가 되어 주고 싶었다. 고의든 고의가 아니든 라이즈칭 작가가 그런 비평을 했다는 사실을 왕징메이는 결코 용서할 수 없었다. 작가의 비평은 봄바람처럼 어여쁘던 왕징메이의 세상에 찬바람을 몰고 왔고 모든 열정을 순식간에 사그라뜨렸다.

왕징메이는 낭만적인 문학소녀에서 성적 우등생으로 탈바꿈했다. 그리고 당당히 사범대학에 입학했고 임용고시에 합격한 뒤 중학교 선생님으로 부임했다.

왕징메이는 차근차근 어린 시절의 꿈을 완성하는 중이었다.

그러나 의욕이 충만한 상태로 시작한 교사 생활은 학부모와의 첫 만남에서부터 무너지고 말았다. 그날은 학부모와의 소통을 위해 학교에서 특별히 마련한 자리였다. 좋은 인상을 주고 싶어서 쿠키와 음료까지 손수 준비했다.

그런데 한 학부모가 대뜸 물었다.

"왕 선생님, 듣자 하니 올해 처음 부임하셨다면서요?"

왕징메이의 낯빛이 순간 딱딱하게 굳었다.

"학교에서 실습 경험이 있으니 처음은 아니지요."

그러자 또 다른 학부모가 나섰다.

"우리 아이가 실험용 생쥐는 아니잖아요. 학교에서 햇병아리 선생님에게 7학년을 맡기면 안 되죠. 초등학교에서 막 올라온 아이들이니 7학년이 정말 중요한 시기라고요."

왕징메이는 이렇게 되묻고 싶었다.

"아이들의 성장과정에서 중요하지 않은 시기가 과연 존재할까요?"

어색한 분위기 속에서 다행히 한 학부모가 중재를 했다.

"젊은 선생님이 좋죠, 요령 피우지 않고 매사에 열정적으로 아이들을 가르칠 테니까요. 선생님, 앞으로도 계속 신경 써 주세요. 너무 걱정하지 마시고요. 우리 함께 노력해요."

이런 스트레스 속에서 왕징메이는 정말 고되고 힘든 첫 일 년을 보냈다. 아무리 노력해도 학부모들은 절대 만족하지 않았고, 혈기왕성한 7학년 학생들의 온갖 말썽에 교실 안은 전쟁터를 방불케 했다.

이 년 째 되던 해에는 이런 일도 있었다. 평소 폭력적인 데다 돌출행동을 자주 보이던 학생이 어느 날 수업 시간에 옆자리 학생과 말다툼을 벌이다가 느닷없이 커터 칼을 꺼내들어 책상 위를 거세게 찍었다. 왕징메이는 너무나 놀랐지만 심호흡을 크게 한 뒤 조심스레 다가가 그 학생을 달랬다.

그 뒤로도 훨씬 심각한 폭력 사건이 수차례 발생했고 왕징메이에겐 더이상 그런 일을 처리할 만한 기력이 없었다. 이제 그런 일이 발생할 때마다 얼른 손짓해서 반장을 학생부로 보냈고 우락부락한 학생주임에게 사건을 넘겼다.

왕징메이는 너무나 피곤했다. 수업 준비와 숙제 검사, 시험 문제 작성부터 채점까지, 스트레스는 점점 더 심해졌고 체력은 갈수록 바닥났다. 왕징메이는 방학이 되면 학생들보다 더 기뻐했다. 열정 넘치는 선생님이 되고 싶었던 애초의 마음을 죄다 잊어버리고 말았다.

처음엔 퇴근하고 집에 가면 학교에서 있었던 일들을 하나하나 부모님에게 이야기했다. 어떤 학생 때문에 한참을 웃었다는 둥, 옆 반 선생님한테 들었는데 그 반 남학생이 어느 날 갑자기 어깨에 문신을 하고 나타났다는 둥, 더 놀라운 사실은 그 학생의 아빠가 직접 데리고 가서 문신을 했다는 둥의 얘기였다. 다국적 기업에서 일하다 이미 퇴직한 아빠는 엄마를 도와 집안일을 하며 여유로운 시간을 보냈고 외동딸의 직장 생활에 몹시 관심이 많았다.

"징메이, 요즘은 왜 학교 얘기를 도통 안 해? 무슨 일 있니?"

육 개월 만에 딸의 변화를 감지한 아빠의 질문에 왕징메이는 한숨을 내쉬며 대답했다.

"일이 있다면 있고, 없다면 없죠. 학교가 단순한 곳일 거라 생각했는데 그렇지가 않더라고요."

그러나 아빠는 동의하지 않았다.

"네가 일반 기업에 다녀 보지 않아서 비교 대상이 없으니 그런 말을 하는 게다. 선생님이란 직업은 적어도 누군가를 기만할 일은 없잖니. 하는 일도 정해져 있는 데다, 인간관계 역시 단순한 편이고 말이야."

어쩌면 아빠 말이 맞는지도 몰랐다. 하지만 왕징메이는 마음속으로 말했다. 매일 아침 조회시간에 교장이 쏟아 내는 권위적인 발언을 들을 때마다 정말이지 교육자로서 무력감을 느낀다고. 그뿐이 아니었다. 뒤에서는 서로가 서로의 험담을 하면서도 정작 앞에서는 삼삼오오 모여 한담을 나누는 동년배 교사들 사이에는 온갖 음모와 술수가 난무했다. 물론 인간이 모인 곳은 어디가 됐든 혼탁해지는 게 당연했다. 본디 인간의 마음은 선량하다지만, 잘못된 편견 때문에라도 어두운 일면은 존재하기 마련이니까. 그 작가가 그랬던 것처럼 말이다.

왕징메이는 올해 담임을 맡은 반을 살펴보았다. 반장 장페이페이는 교우 관계가 꽤나 좋아 보이니 큰 도움이 될 것 같았고 린샤오치는 좋은 가정환경에서 자란 응석받이인 듯했다. 차이리리는 문제를 일으키지 않는 얌전한 학생이었지만 집이 가난해서 비교적 수줍음이 많아 보였다. 리빙쉰은 착하고 성실하지만 조금 어리숙했다. 저우유춘은 우스꽝스러운 짓을 자주 하는데 아마도 사랑을 많이 받고 자라서 성격이 낙천적인 것 같았다. 키만 멀쑥한 뤄추안은 반 아이들을 웃게 만드는 재롱둥이였다. 잘생긴 천융허는 다른 반에도 여성 팬이 많다는데, 무언가 행동이 조금 부자연스러워 보이고 다른 사람들을 별로 신경 쓰지 않는 듯했다. 집에 뭔가 문제가 있는 걸까, 아니면 응석받이로 자라서 사람들에 대한 배려심이 부족한 걸까?

"시간이 나면 가정방문을 통해서 좀 더 알아보지, 뭐."

녹초가 된 왕징메이는 어깨를 축 늘어뜨린 채 교무실 의자에 털썩 주저앉으며 생각했다.

'그런데 과연 그럴 만한 시간과 여유가 생길까?'

교무실 책상에는 검사를 기다리는 숙제 노트가 산더미처럼 쌓여 있었고 이번 학기에 세워야 하는 두 가지 교무 활동 계획은 공문서 사이에 쑤셔 박아 둔 상태였다. 이번이 시험 문제를 출제할 차례였기에 틈날 때마다 서랍 안에 처박아 둔 노트북으로 문제도 만들어야 했다. 게다가 다음 달에 실시하는 발표 수업의 진행자로 지목된 상태였다. 이건 경력이 오래된 선생님들이 왕징메이 같은 햇병아리 교사를 골탕 먹이는 수법이었다.

그러던 어느 날, 눈을 부릅뜬 채 층층이 쌓인 노트를 쩌려보고 있는데 린샤오치의 목소리가 울려 퍼졌다.

"일본에서 사 온 금색 볼펜이 왜 안 보이지?"

그러자 곧바로 장쉐가 말했다.

"어라, 천융허의 필통에 그거랑 똑같은 펜이 들어 있는데?"

천융허가 손버릇이 안 좋은 학생은 아닐 텐데, 혹시 가족 중에 나쁜 영향을 줄 만한 사람이 있나... 문제 가정을 떠맡는 일은 생각조차 하고 싶지 않았다. 설마 천융허의 집이 암흑가와 관련되진 않았겠지. 설마 그렇게 재수가 없을라고. 정말로 시간을 좀 내서 알아봐야 할 것 같았다. 아, 골치 아파. 잠깐 눈을 들어 주변을 살피고는 다시 학생들의 숙제 노트로 고개를 파묻었다. 오늘 수업을 마치기 전까지 이 노트들을 전부 확인해야 했기 때문에 마음이 급했다.

어쨌든 볼펜은 없어지지 않았다. 몹시 희한하게도 천융허의 책상에서 발견되었을 뿐이었다.

그 후로, 리빙쉰과 차이리리가 각각 500위안과 300위안을 분실했고 저우유춘의 버스카드가 없어졌다. 그리고 학급비 100위안이 모자랐다. 급기야 인내심은 바닥이 났다. 설마 반 아이들이 전부 작당해서 이상한 짓을 벌이는 중인가? 숙제를 너무 많이 내 줘서? 아니면 지난번에 다른 반과 노래·댄스 배틀 하겠다는 걸 반대해서? 그래서 이런 이상한 일을 벌여 놀라게 하는 걸까?

그럴 리 없었다. 일련의 사건들이 앞뒤가 전혀 맞지 않았다. 바보가 아니고서야 좀도둑이 같은 장소에서 이렇게 공공연히 범행을 저지를 리는 없었다. 아이들이 단체로 모종의 악의적인 게임을 벌이는 것이라 생각했다. 요즘엔 그런 사악한 짓을 벌이는 일본 영화와 소설이 사방에 널렸으니까. 모방할 만한 못된 사례가 인터넷에도 넘쳐 났고. 왕징메이는 아이들의 장난에 놀아날 생각이 결코 없었다!

그런데 없어진 돈은 어떻게 조사해야 할까? 가방 검사를 해야 하나? 학부모들 귀에 들어가는 날엔 큰일이 날 텐데. 할 수 있는 일이라곤 단지 아이들에게 학생의 도리를 엄중히 경고하는 것뿐이었다. 하지만 왕징메이 역시 반에서 벌어진 도난 사건의 용의자가 천융허로 굳어지는 중이라는 사실을 느끼고 있었다. 별로 신빙성이 있는 얘기는 아니었다. 아마도 천융허가 평소 태도가 너무 뻣뻣한 데다 사람을 무시하는 경향이 있어 이번 일을 빌미로 아이들에게 된통 당하는가 보다 싶었다. 요즘 애들은 한번 잔인해지면 악마가 따로 없었다. 어쩌면 천융허가 자신도 모르는 사이에 어떤 잘못을 저질러서 반 아이들이 악의적으로 모함하는 걸지도 모른다. 천융허에게 분명 문제가 있다.

왕징메이는 꼭 시간을 내서 가정방문도 하고 천융허에게 좀 더 관심을 기울여야겠다고 생각했다. 애초에 품었던 이런 열정 때문에 교직의 길을 선택하지 않았던가. 반드시, 꼭 시간을 내야만 했다. 하지만 산더미처럼 쌓인 숙제 노트를 검사하는 게 먼저였고 다음 학기 수업안과 다음 달 읽기 학습 지도안도 작성해야 했다.

일단 바쁜 업무 먼저 끝내고, 그다음에.

천
웅
허

◇◇◇

집으로 돌아온 천융허는 샤워를 한 뒤 여섯 시부터 열 시까지 티브이
를 봤다. 평소에 티브이를 즐겨 보지 않았고 사실 별 관심도 없었다. 늘
그랬듯 숙제를 마치고 엄마아빠한테 근처 대학교 운동장으로 농구 연습
하러 간다는 말을 하고 싶었지만 요즘은 기분이 정말 엉망인지라 아무
의욕도 없었다.

천융허는 최근 자신에게 벌어진 일들이 도무지 이해가 되지 않았다.
반 친구들과 농구를 하다가 저학년 말썽꾸러기들을 좀 골려먹고, 친구
들끼리 희희덕대며 웃고 떠드는 것이 원래의 일상이었다. 하지만 지금은
반 전체한테서 도둑 취급을 받았다. 물론 반 아이들이 딱 꼬집어 자신을
도둑이라 말한 것은 아니었다. 하지만 아이들이 하나둘씩 슬슬 피하기
시작했다. 천융허는 화가 나 미칠 지경이었지만 그렇다고 해서 딱히 방법
이 있는 것도 아니었다.

어디서부터 잘못된 것이었을까?

그날, 린샤오치의 볼펜이 자신의 필통에서 발견되자 천융허는 여학생들이 또 장난을 친다고 생각했다. 그래서 일부러 더 멋있는 척을 하며 볼펜을 린샤오치의 책상에 내동댕이친 다음 얼른 교실에서 빠져나왔다.

이런 일이 벌써 몇 번째인지 이젠 셀 수조차 없었다. 천융허도 알고 있었다. 여학생들이 흠모하는 대상이 바로 본인이라는 사실을. 그도 그럴 것이 천융허는 이따금 거울을 보며 자신도 모르게 씩 미소를 짓곤 했다. 이토록 잘생긴 얼굴을 주신 부모님께 감사하면서. 부모님은 둘 다 공무원이었고 집안 분위기는 상당히 개방적이었다. 엄청나게 부유하진 않았지만 부모님 덕분에 어린 시절부터 동화 속 주인공처럼 아무 걱정근심 없는 환경에서 자랄 수 있었다. 천융허는 이 부분에 대해 부모님께 감사했다. 엄마는 잘생긴 아들을 두었다는 사실에 엄청 자부심을 느꼈고 아들의 외모를 꾸미는 일에 열성이었다. 그래서 자주 천융허를 데리고 백화점에 가서 옷을 사 주었다. "아들이 정말 잘생겼네요, 커서 연예인 해도 되겠어요." 어쩌면 엄마는 주위 사람들이 던지는 이런 과장된 칭찬을 즐기는 것인지도 몰랐다.

천융허는 결코 자신이 나르시시즘에 빠졌다고는 생각하지 않았다. 본인의 모습에 반해 물에 빠져 죽은 나르시스의 이야기는 자기와는 전혀 상관이 없다고 생각했고, 거울에 비친 수려한 외모를 뻐기려 하지도 않았다. 물론 외모가 준수하다는 건 꽤나 기쁜 일이었지만 그게 다가 아님을 잘 알았다. 천융허는 성실히 학생의 본분을 다하며 중상위권의 성적을 유지했고 자신이 좋아하는 체육 과목에서 두각을 나타냈다.

프로농구 선수가 되고 싶은 마음도 조금은 있었다. 그건 남학생 절반 이상의 희망사항이기도 했다. 나머지 절반은 리빙쉰처럼 인터넷 게임에 빠진 부류였다. 천융허는 남학생의 머릿속이 훨씬 단순하다고 생각했다. 기껏해야 농구나 인터넷 게임, 도가 지나치지 않는 시시껄렁한 농담이 전부였다. 남학생들은 고래고래 소리를 지르면서 함께 농구를 하거나 필사적으로 한판 붙자며 게임을 하러 가는 게 고작이었다.

하지만 여학생은 달랐다. 여자들에겐 온갖 꿍꿍이와 계략이 넘쳐 났고 천융허는 그들의 진짜 의도가 무엇인지 좀처럼 이해할 수 없었다. 남자와 여자는 정말로 달랐고 역시나 여자들은 다른 행성에서 온 외계인이 분명했다.

지난 학기에 장쉐는 천융허에게 녹차 한 병을 건네며 잔뜩 콧바람이 들어간 목소리로 이렇게 말을 걸었다.

"이따가 육상 경기 팀 선발전에 나간다며, 파이팅!"

천융허는 고개를 가로저으며 장쉐의 호의를 완곡하게 거절했다. 초등학교 시절 영문도 모른 채 여러 번 골탕 먹은 경험 때문이었다.

초등학교 4학년 때의 일이었다. 같은 반 리즈신이 빨개진 얼굴로 다른 아이들 앞에서 천융허에게 음료를 건넸고 천융허는 별생각 없이 그것을 받았다. 잘생긴 얼굴 덕에 언제나처럼 또 이런 대접을 받는다고 여겼을 뿐이었다. 그런데 빨대로 음료수 한 모금을 마시자마자 너무나 매운맛의 액체가 목구멍으로 넘어왔고 천융허는 콜록거리며 음료수 병을 내던지다가 그만 리즈신과 몸이 부딪히고 말았다. 리즈신은 입을 가린 채 곁에 있던 다른 여학생을 얼싸안으며 터져 나오는 웃음을 참는 중이었다. 그리고 어이없게도 천융허를 향해 이렇게 말했다.

"그냥 장난 좀 친 거야, 화내지 마."

천융허는 리즈신을 무섭게 노려보았다.

그 뒤로 리즈신은 기회만 생기면 천융허에게 접근했다. 과학 실험 시간엔 천융허와 같은 조에 들어왔고 하루가 멀다 하고 초콜릿이며 만화책을 가져다주었다. 하지만 천융허는 다짐했다. 두 번 다시 그런 장난에 속지 않겠다고.

초등학교 5학년 때에도 황당한 에피소드가 있었다. 당시 같은 반에 있던 장차오시는 어릴 때부터 미국에서 살다가 타이완으로 전학 온 여학생이었다. 영어가 유창했기에 영어 선생님은 장차오시를 보조 선생님으로 임명했다. 어느 날 영어 수업 중에 선생님이 장차오시에게 교과서를 읽으라고 하자, 장차오시는 느닷없이 앞으로 걸어 나와 교탁 위에 책을 올려 두고는 영어로 무언가를 말하기 시작했다. 무슨 말인지 알아듣지 못한 반 아이들은 그저 멀뚱멀뚱 바라만 보았다. 분명 교과서의 내용이 아니었기 때문이다. 오로지 영어 선생님만이 미소를 짓다가 결국엔 폭소를 터뜨렸다.

"장차오시, 네 용기를 다시 한 번 보여 주면 안 되겠니? 이번엔 조금 천천히, 상대방이 알아듣게 말이야."

선생님은 이렇게 말하며 의미심장한 눈빛으로 천융허를 쳐다보았다.

장차오시가 다시 한 번 이야기하자 반 아이들은 내용을 어느 정도 이해한 것 같았다. 장차오시는 대뜸 "Dear Jimmy"라고 부르며 대차게 말을 이어 갔다. Jimmy는 바로 천융허의 영어 이름이었다.

말을 전부 다 알아들은 사람은 아마 선생님뿐이었겠지만 모두가 짐작은 할 수 있었다. 이 소녀가 지금 공개적으로 천융허에게 사랑 고백을 한다는 사실을 말이다. 대담하고 거침없는 고백에 반 아이들은 마치 곡예단의 흥미진진한 공연을 보듯 흥분했고 누군가는 큰 소리로 이렇게 외치기 시작했다.

"연애 해! 연애 해!"

심지어 웃겨 죽겠다는 표정을 애써 숨긴 영어 선생님마저 천융허의 책상 앞으로 다가와 이렇게 물었다.

"Dear Jimmy, 네 대답은 뭐니?"

천융허는 너무나 당황했다. 온 얼굴이 불에 덴 듯 새빨개졌다. 하지만 매너 없는 남자가 될 순 없다는 생각에 낮은 목소리로 이렇게 딱 한마디를 내뱉었다.

"Thank you."

천융허의 말에 아이들은 참았던 웃음을 터뜨렸고 누군가는 책상을 두드리며 발을 동동 굴렀다.

그렇게 수업 시간은 끝났지만 그 뒤에 훨씬 황당한 일이 벌어졌다.

며칠 후, 장차오시가 다가오더니 슬픈 얼굴로 이렇게 말했다.

"Sorry, 우린 서로 통하지가 않는 것 같아. 넌 그날 내가 했던 말도 전혀 이해하지 못했잖아."

그러더니 빙그레 한번 웃어 보이고는 저만치 사라져 버렸다.

"장차오시, 이 정신병자."

천융허는 그 뒷모습을 노려보며 다시 한 번 스스로를 향해 다짐했다. 이 끔찍한 여학생들에게서 멀리, 가능한 한 가장 멀리 떨어져야 한다고.

여자애들이란 정말이지 이상했다. 따분하고 괴상한 갖가지 행동으로 남자애들의 관심을 유도했는데 천융허는 그런 행동이 우스웠고 한편으론 화가 났다. 천융허는 맹세했다. 다시는 이런 행동에 당하지 않겠다고. 그런데 시간이 지날수록 어쩌면 잘생겼다는 이유 때문에 벌을 받는 건 아닐까 하는 생각이 들었다. 천융허는 더 이상 주목받고 싶지 않았다. 여학생들이 저마다의 방식으로 내미는 쪽지나 편지 그리고 소소한 선물도 더 이상 원하지 않았다. 인생이 좀 더 조용해지고, 단순해질 수는 없을까? 쓸데없는 것에 신경 쓸 시간이 없었다. 그저 수업이 끝나면 농구장으로 달려가 절친한 애들과 농구 기술을 연마하고 싶을 뿐이었다.

천융허는 알고 있었다. 여학생에게 인기가 많다는 사실은 반대로 남학생과의 우정 세계가 순탄치 않음을 의미한다는 걸. 오직 뤄추안만이 보기 드문 경우였는데, 지금까지 줄곧 함께 농구를 하는 좋은 친구였다. 물론 천융허는 친구의 숫자에 그다지 연연해하지 않았다. 지금 원하는 것은 그저 보통의 남학생과 똑같은 평범한 삶이었다. 열정적인 여학생 때문에 본인의 생활을 방해받지 않는 그런 삶 말이다. 그런데 만약 상황이 반대였다면, 그래서 지극히 평범한 아이였다면, 과연 잘생기고 멋있는 남학생을 부러워하지 않았을 거라 확신할 수 있을까?

천융허는 어깨를 한번 으쓱거렸다. 너무 복잡하게 생각하지 말자. 어찌 됐든 주제넘게 나서길 좋아하고 이상한 짓거리를 일삼는 여자애들과 거리를 두면 그만이었다. 그리고 두 번 다시는 여학생들의 계략에 넘어가지 않을 생각이었다. 어째서 걔네들은 장난스런 행동으로 마음을 표현할까? 어째서 그딴 계략이 상대방의 주의를 끌고 호감을 얻을 거라 생각할까? 정말 그렇다, 남자는 화성에서 왔고 여자는 금성에서 왔다더니 정말이지 완벽하게 다른 존재 같다.

그날 린샤오치의 볼펜이 없어지고 장쉐가 "어라, 천융허의 필통에 그거랑 똑같은 펜이 들어 있는데?"라고 말했을 때는 농담인 줄로만 알았다. 여자아이들이 관심을 끌어 보려고 또 짓궂은 장난을 한다고 생각했다. 얼마 전 장페이페이가 공책 사이에 넣어 두었던 카드처럼 말이다. 정말 지긋지긋했다!

천융허는 더 이상 참을 수가 없었다. 그래서 도대체 언제 자신 앞에 나타났는지도 모를 문제의 그 볼펜을 원래 주인 자리에 내팽개치고는 마치 드라마 속 주인공처럼 자리를 떴다. 두 번 다시 거들떠볼 가치도 없다는 듯 말이다.

하지만 연이어 발생한 일들은 도저히 이해가 되질 않았다.

리빙쉰의 돈이 없어졌을 때, 가장 먼저 자신을 쳐다본 사람은 누구였을까? 천융허는 정말로 궁금했다. 그리고 그 이유가 정말로 알고 싶었다. 도대체 왜? 7학년에 올라와서 누구한테도 잘못한 기억이 없었다.

차이리리가 돈을 잃어버렸다는 말을 들었을 때는 머리를 한 대 얻어맞은 기분이었고 온몸이 돌덩이처럼 딱딱하게 굳어 왔다. 도둑이 누구라고 정확히 말하는 사람은 없었지만 보이지 않는 실타래가 주위를 빙빙 돌며 자신을 옭아매고는 사악한 표시를 남기는 중이었다. 하지만 볼펜을 훔치고 돈을 훔칠 이유가 전혀 없다! 나는 결백하다!

크게 흠잡을 데 없는 인생을 누군가 고깝게 보고 모함한 것이었을까?

왜 반에서 또다시 도난 사건이 발생했을까?

도난 사건에 대한 이야기를 할 때면 어째서 몇몇 아이들의 시선이 나를 향하는 걸까? 누군가 그렇게 하라고 시켰을까? 누가? 내가 절대 볼펜을 훔칠 리 없다는 것은 다른 아이들도 분명 다 알 것이다. 설마... 알고 있겠지? 적어도 나와 친한 친구 몇 명은 알지 않을까?

평소 그토록 친했던 뤼추안은 왜 갑자기 바빠졌을까? 얼마나 바쁘기에 농구할 시간도, 버블티 한잔 마실 시간도 없을까?

장페이페이는 또 왜 그럴까, 무슨 원한이라도 있나? 얼마 전 장페이페이가 공책 사이에 카드를 끼워 두었기에 늘 그랬듯 대수롭지 않게 여기고 다시 돌려주었을 뿐이다. 정말로 그뿐이었다. 그 일 때문에 앙심을 품고 일부러 모함한다고? 설마. 고작 그런 일 때문에 누군가를 도둑으로 몬다는 건 너무 지나친 과장이다.

의기양양했던 인생에 도둑이라는 먹구름이 드리워졌다. 이 사실을 어떻게 마주해야 할지 천융허는 막막했다.

할아버지가 선물해 준 운동화마저 어느새 비싼 사치품이 되어 있었다. 천융허는 울화통이 터졌다. 더 이상 두고 볼 수만은 없었다. 이렇게 짓밟힐 수는 없었다. 천융허는 감정이 있는 인간이었고 바보가 아니었다. 천융허는 자신을 원래의 자리로 돌려놓기로 했다.

장페이페이가 학급비 100위안이 모자란다고 하자, 천융허는 최후의 일전을 벌일 때가 왔음을 직감했다. 이 황당한 연극을 끝내야겠다고 말이다. 하지만 어떻게 끝내야 정말로 이 모든 일들이 끝나 버릴지 정작 천융허 본인도 알지 못했다. 어쨌든 천융허는 몹시 지치고 화가 난 상태였다. 앉아서 당할 수만은 없었다.

다음 날, 천융허는 선생님을 향해 무표정한 얼굴로 이렇게 말했다.

"제 돈 1,000위안이 없어졌어요."

눈에는 눈, 이에는 이였다.

다시 월요일 오전

◇◇◇

　사건이 발생했던 날. 그날 린샤오치는 일본에서 사 온 볼펜을 또다시 자랑 중이었다. 장쉐는 뭐든 닥치는 대로 잡아서 린샤오치의 입에 쑤셔 넣거나, 할 수만 있다면 천을 덮어씌워 저 거만한 눈빛을 가려 버리고 싶었다.

　그랬다, 린샤오치의 볼펜 자랑에는 해마다 외국으로 여행을 떠나는 본인의 부유한 생활이 포함되어 있었다. 그것은 대부분의 반 아이들이 동경했지만 이룰 수 없는 현실이기도 했다. 이국적이고 귀여운 물건을 좋아하는 장쉐 역시 린샤오치를 부러워하면서도 한편으론 질투하는 무리 중한 명이었다. 장쉐는 예전에 동부에서 살 때 특이한 카페가 나올 때까지 하염없이 길거리를 돌아다니기도 했었다. 가게의 계산대 앞에 놓인 예쁜 잡화들을 볼 때마다 너무 좋아서 눈을 떼지 못했다. 그리고 다짐했다. 언젠가 일본에 가게 된다면 귀여운 상점들을 모조리 찾아다니며 구경하겠노라고.

그날 쉬는 시간, 장쉐는 린샤오치의 금색 볼펜을 집어 들었다. 린샤오치는 일부러 과장된 몸짓을 섞어 가며 일본의 녹차 아이스크림이 얼마나 맛있는지 설명하는 중이었다. 장쉐는 고개를 절레절레 흔들며 볼펜을 들고 자리로 돌아와 교과서의 짙은 색 종이 위에 그림을 그려 보았다. 효과가 정말 끝내줬다. 아, 과연 정교한 일본 제품이라 다르긴 다르네. 그렇게 그림 그리기에 한창 정신이 팔렸는데 갑자기 깜짝 놀라 외치는 린샤오치의 목소리가 들려왔다.

"일본에서 사 온 금색 볼펜이 왜 안 보이지?"

당황한 장쉐는 엉겁결에 볼펜을 옆자리의 천융허 필통에 집어넣었다(마침 천융허는 고개를 돌린 채 가방을 정리하는 중이었다). 마침 장쉐의 모습이 가로막힌 터라 린샤오치는 이 모든 장면을 보지 못했다. 그와 동시에 장쉐는 이렇게 소리쳤다.

"어라, 천융허의 필통에 그거랑 똑같은 볼펜이 들어 있는데?"

말을 하면서 동시에 후회했다. 하지만 일단 엎질러진 물은 다시 주워 담을 수 없었다. 더군다나 너무 놀라고 당황해 무슨 말을 어떻게 이어야 할지 몰랐다. 농담하듯 린샤오치의 거만함을 슬쩍 꼬집어 줄걸. 나도 모르게 천융허에게 소심한 복수를 하고 싶었던 것일까. "학교 끝나고 같이 야시장 갈래?"라고 묻거나 쉬는 시간에 시원한 녹차를 권할 때마다 천융허는 시종일관 무표정한 얼굴로 고개를 가로저었다. 이 멍청이, 잘생긴 멍청이 같으니라고.

장쉐는 장페이페이에게 슬쩍 이런 말을 했었다. 천융허가 정말 잘생겼고 자신이 천융허를 몹시 좋아한다고 말이다. 장페이페이도 그 말에 동의했다. 모든 면에서 그토록 뛰어난 반장마저도 천융허가 잘생겼을 뿐만 아니라 청춘 드라마의 주인공으로도 손색이 없다는 사실을 인정했다. 장쉐는 자신의 안목을 높이 평가했다. 게다가 그런 꽃미남과 같은 반이라는 사실을 행운으로 여겼다.

장쉐는 미처 예상하지 못했다. 당황해서 벌인 행동 때문에 이런 연쇄 반응이 일어날 줄은. 반에서 돈이 없어지는 사건이 잇따라 발생하자 그때마다 장페이페이는 고의로 천융허가 도둑이라고 암시하는 행동을 취했다. 장쉐는 몹시 괴로웠다. 용감하게 나서서 천융허가 볼펜을 훔치지 않았다는 사실을 증언하고 싶었다. 그러나 오랫동안 생각한 끝에 마음을 접기로 했다. 외진 동부에서 타이페이로 전학 온 자신을 처음으로 알아봐 주고 받아들여 준 절친한 친구가 바로 장페이페이였기 때문이다. 장쉐는 장페이페이를 배신할 수 없었고 모종의 권력을 쥔 반장의 친구라는 타이틀을 잃어버릴 것도 두려웠다.

그럼, 천융허는 어떡하지?

장쉐는 모든 일이 벌어졌던 처음 그 순간으로 되돌아가고 싶었다, 간절히. 그때로 돌아간다면 수만 가지 다른 대답을 할 수 있을 것 같았다. 웃는 얼굴로 손 안의 볼펜을 들어 보이며 "그 도둑 여기 있다, 잠깐 좀 써 봤을 뿐인데 호들갑은"이라고 하거나, 혹은 미간을 찌푸리며 "야, 린샤오치, 쪼잔하긴. 볼펜 좀 잠깐 빌려주면 어디가 덧나니?"라고 쏘아붙일 수도 있었다. 어쨌든 천융허에게 얼토당토않은 죄를 뒤집어씌우진 않았을 것이다.

그렇지만 상황은 생각과는 전혀 다르게 돌아갔다.

장쉐는 밖으로 걸어 나가는 천융허를 몰래 훔쳐보다가 자신도 교실에서 빠져나왔다. 천융허의 뒷모습에 드리워진 쓸쓸함을 바라보던 눈가가 어느새 시큰해졌다.

하지만 깊은 심호흡을 하며 감정을 억눌렀다. 됐어, 세상에 잘생긴 사람이 얼마나 많은데. 어쩌면 내년엔 더 잘생긴 애를 만날지도 모르잖아. 게다가 이제 막 데뷔한 한국 아이돌 꽃미남 그룹도 있고. 장페이페이도 그 멤버가 천융허보다 잘생겼다고 인정했다. 장쉐는 장페이페이와 서점에 가서 아이돌 그룹의 화보집과 사진을 잔뜩 사들인 다음 책상 유리 밑에 빼곡히 넣어 두었었다. 책상은 온통 그 연예인 사진으로 꽉 찬 상태였다. 장쉐는 콧방귀를 뀌며 생각했다. '천융허, 네가 나를 거들떠보지 않는다 해도 아무 상관 없어. 서점에 가면 너보다 잘생긴 연예인이 널리고 널렸어. 약간의 돈만 쓰면 그 사람들은 전부 다 내 거라고.'

또한 천융허가 누명을 쓴 것이 단지 자신의 탓만은 아니라고, 장쉐는 그렇게 생각하기로 했다. 알고 보면 왕 선생님의 책임도 컸다. 볼펜이 없어졌을 당시 왕 선생님은 상황을 제대로 알아볼 생각조차 하지 않았다. 강 건너 불구경하듯 고개를 한번 들었을 뿐 그 어떤 조치도 취하지 않았다. 그때까지만 해도 반 아이들에게 잘 설명할 시간이 있었잖은가. 예를 들어 어떤 사건의 표면만 보고 누군가를 범인 취급하는 것은 무고한 피해자를 만드는 일이라고 말이다. 수많은 사건이 벌어진 뒤에는 아무리 훈계해 봤자 소용이 없는 법이다. 이미 천융허를 도둑으로 여기는 아이들에겐 그 어떤 말을 한다 해도 먹히지 않았다. 설령 나중에 돈은 실수로 흘린 것이라는 사실이 밝혀지고, 잃어버렸다고 생각했던 버스카드를 다시 찾았다고 치자. 그래서 아이들이 모든 사실을 마지못해 인정한들, 이미 천융허에겐 깨끗이 지워질 수 없는 죄인의 낙인이 찍힌 뒤이다.

전부 왕 선생님 때문이야. 그래, 다 왕 선생님 탓이라고. 마땅히 어른이 나서서 아이들의 오해와 상처를 어루만져 줘야 하는 거 아니야!

이렇게 생각하니 기분이 훨씬 나아졌다. 장쉐는 장페이페이를 바라보며 엷은 미소를 지었다.

A
군
의

진
술

◇◇◇

　몇 주 전 월요일, 우리 반 천융허가 린샤오치의 금색 볼펜을 훔쳤다. 그 볼펜으로 말할 것 같으면 미국인지 어딘지 아무튼 외국에서 사 온 물건이었는데, 린샤오치가 볼펜을 자랑할 때마다 여학생들은 호들갑을 떨며 감탄사를 연발했다. 그런데 어떤 바보가 그런 볼펜을 훔친단 거지? 모두가 그 물건을 주목하고 있는데 말이다. 난 전혀 이해가 되지 않았지만 꼬치꼬치 캐물을 생각은 없다. 세상엔 내가 이해 못 할 일들이 수없이 많으니까. 그저 나한테 별 영향만 끼치지 않는다면 아무래도 상관없다.

　그러고 나서 몇몇 아이들이 물건을 잃어버렸다. 하나는 현금카드였던 것 같은데 나머지는 뭐였더라? 제대로 듣지도 않았다. 아 진짜, 도대체 나이가 몇 살인데 자기 물건 하나 제대로 챙기질 못하냐고. 선생님한테 잔소리만 왕창 듣게 만들고, 진짜 짜증나네.

　우리 반은 이렇다. 다시 말하자면 지금까지 내가 속했던 모든 반이 늘

145

똑같았다. 언제나 이상한 애들이 괴상한 일을 벌였고, 걔들은 마치 평온한 세상을 깨뜨리는 것이 자신들의 이념이라도 되는 듯 사방을 휘젓고 다니며 문제를 일으켰다. 그중에서도 뻐기길 좋아하는 애들은 특히나 주목을 받고 싶어 했다. 예를 들어 4학년 때 같은 반이었던 음치 한 명은 음악 시간만 되면 몸을 배배 꼬며 죽어라 큰 목소리로 노래를 불러 젖혔다. 음량을 좀 절제하라는 선생님의 말에 그 남자애는 울음을 터뜨리며 자기 목소리가 조절이 안 된다고 대답했다. 아 쯥, 스스로를 제어하지 못하는 건 그렇다 쳐도, 남한테 피해는 주지 말아야지. 그런 말도 안 되는 핑계로 책임을 회피하면 누가 속을 줄 알고.

5학년 때 오락부장은 훨씬 더 심했는데 그 여자애는 '1학년 우애하기 캠페인'이란 걸 제안했었다. 그러니까 1학년 학급을 사랑하고 돌보는 마음으로 본인이 큰언니 역할을 맡을 예정이니, 가정형편이 어려운 아이들을 위해 우리더러 쓰지 않는 장난감이나 그림책을 기부하라는 것이었다. 아마도 그 여자애는 위인이 되고 싶었던 것 같다. 아니면 상장이라도 받고 싶었나? 분명 그런 학생들을 위한 장학금이 학교에 존재할 뿐만 아니라 저소득층 가정을 위한 정부의 특별 제도도 마련되어 있다. 그 여자애가 이래라 저래라 할 일이 아니었다. 우리가 쓰던 낡은 장난감을 과연 그 아이들이 좋아할 거라 생각하나? 관심병자 같으니라고. 한참이나 이러쿵저러쿵 떠들었지만 동화책과 장난감을 가져온 아이들은 반에서 겨우 절반뿐이었다. 나 역시 문 한 짝이 고장난 장난감 기차를 기부했는데, 그건 어차피 남동생도 더 이상 가지고 놀지 않는 물건이었다. 그런데 오락부장이 내가 기부한 물건을 거절할 줄 누가 알았겠느냐 말이다. 망가진 물건을 보내면 이 캠페인의 본질을 훼손하는 거라나 뭐라나. 이 일을 떠올릴 때마다 나는 화가 치밀었다. 왜냐하면 당시 반 아이들은 마치 내가 도끼를 휘둘러 본인들의 머리 위에 놓인 자선가 왕관을 박살냈다는 표정을 지었기 때문이다. 나는 그 일로 일찌감치 깨달았다. 앞으로는 어떤 일에든 무관심해야 한다는 것을 말이다.

이번 도난 사건에서 좀 미심쩍은 부분은 과연 천융허가 볼펜을 훔친 뒤에 다른 물건도 훔쳤느냐는 것이다. 도둑질을 참지 못하는 사람도 있다는데, 그건 일종의 병이고 외국의 어떤 유명 연예인도 그 병에 걸렸다고 한다. 진짜 우습기 짝이 없었다. 어쨌든 그런 인간과 같은 반이라니 귀중품은 학교에 가져오지 말고 조심해야겠다. 특히 지난번에 편의점 여러 곳을 돌아다니며 겨우 손에 넣은 피규어는 절대 17번한테 보여 주지 말아야겠다고 결심했다. 며칠 전 17번과 5번이 나누는 이야기를 들어 보니 그 피규어는 진짜로 구하기 힘든 물건이었다. 하핫, 아무튼 나한테는 늘 행운이 따른다니까. 원래는 학교에 그 피규어를 가져와서 두 사람한테 보여 주고 싶었지만 생각해 보니 걔들이랑 별로 친하지도 않은데 굳이 그럴 필요가 없었다.

나는 지금 우리 반 반장이 진짜 싫다. 누군지는 모르겠지만 아무튼 누군가 돈을 잃어버렸는데 반장이 그 돈을 학급비에서 채워 주자고 건의했다. 나는 반장의 말을 듣고 너무 이기적인 제안이라고 생각했다. 학급비는 공동의 것이지 반장 한 사람의 소유물이 아니다. 당연히 투표로 결정해야 할 일인데 무슨 권리로 그딴 말을 한담? 그렇지만 손을 들어 항의하진 않았다. 혹시나 다른 애들이 나를 냉담하고 인정머리 없는 인간이라고 생각할까 봐. 분명 다른 누군가가 반대하고 나설 테니 나까지 일을 만들 필요는 없었다. 이건 내가 좋은 사람이 되길 거부한 것이 아니다. 누군가 돈을 잃어버린 게 나랑 무슨 상관이람? 게다가 내가 훔치지도 않았는데.

우리 반 왕 선생님은 잔소리의 끝판왕이다. 우리 엄마랑 동급이다. 매번 선생님이 '하루에 한 가지 잔소리'로 인생의 원칙을 늘어놓을 때마다 나는 머릿속을 텅 비운 채 이런 상상을 했다. 지금 둘이 먹다가 하나가 죽어도 모를 끝내주는 스테이크를 먹는 중이라고 말이다. 그러니까 고기를 한 점 한 점 천천히 썰어 내듯 선생님의 잡다한 말들이 공중에서 사라질 정도로 아주 잘게 썰어 버리는 거다. 듣자 하니 벨로시랩터 공룡처럼 무시무시한 옆 반 담임은 매일 학생들의 자신감과 자존감을 박살 낸다던데, 그에 비하면 왕 선생님은 오히려 괜찮은 편이다. 하지만 그게 뭐, 어차피 내가 대학을 졸업할 즈음이면 선생님의 이름 따위는 까먹고 말 텐데. 솔직히 난 어제서야 선생님의 이름이 왕칭메이가 아니라 왕징메이라는 사실을 알게 됐다.

엄마는 나랑 매일같이 모자지간의 상호교류를 하고 싶어 한다. 그리고 학교생활에 문제는 없는지 끊임없이 질문을 퍼부어 댄다. 당연히 아무 문제도 없다. 아무 문제가 없어서 도대체 엄마한테 무슨 얘길 해 줘야 할지 모를 지경이다. 수업이 시작됐다가 수업이 끝나고, 등교했다가 하교하고, 단지 이것뿐이니까. 학교생활이란 다 거기서 거기 아닌가. 나는 엄마한테 이렇게 말했다. "엄마가 학생이었을 때와 똑같다고." 그랬더니 엄마는 고개를 절레절레 흔들었다. 난 엄마랑 시시콜콜 얘기하기가 싫다. 얘기한들 엄마가 이해나 할까? 가정주부인 엄마의 세상은 고작해야 부엌과 찬거리를 사러 가는 시장이 전부다. 페이스북이 뭔지도 모르는 엄마랑 무슨 얘기를 한단 말인가?

페이스북에서는 온라인 친구들과 어떤 말이든 전부 다 터놓고 지냈지만 같은 반 아이들과는 좀처럼 이야기를 하고 싶지 않다. 그리고 바로 내 옆자리에 앉은 짝과의 거리는 세상에서 가장 멀다. 저번에 내가 수학 숙제 좀 보여 달라고 했더니 쩨쩨하게 거절했다. 하지만 별로 개의치 않았다. 어차피 수학은 내가 잘하는 과목이 아니었으니까. 사실 내가 두각을 나타내는 과목은 하나도 없다. 어떤 과목이든 낙제만 면하면 그만 아닌가. 원래 강한 자 중에 더 강한 자가 있는 법이고 뛰는 놈 위에 나는 놈이 있는 법이다. 나는 강하지도, 뛰어나지도 않으니 골치 아플 일도 없다.

아, 맞다, 이틀 전 반장이 학급비를 계산하다가 100위안짜리 지폐 한 장을 가방 위로 떨어뜨리는 장면을 목격했다. 마침 내가 그 옆을 지나가던 중이었는데 반장은 장쉐랑 수다를 떠느라 돈을 흘린 줄도 몰랐다. 돈을 저따위로 소홀히 관리하다니, 경솔한 인간 같으니라고. 내가 반장을 싫어하는 데는 다 그만한 이유가 있다. 슬쩍 돈을 집어 들었는데도 반장이 전혀 눈치채지 못하자 그야말로 기분이 짱이었다. 하지만 고작 100위안으로 뭘 한담? 만화책 한 권도 못 사는데. 그 돈을 남동생한테 줬더니 겨우 햄버거 세트 하나 값이라며 툴툴댔다. 나 원 참, 저런 소리나 들을 줄 알았다면 그냥 주지 말걸.

모든 주변인은 우리와 얽힌 사람들입니다

2013년 8월, 외신에 실린 사진 한 장을 본 뒤 저는 깊은 생각에 빠졌습니다. 아일랜드의 한 17세 소녀는 자신의 패션 스타일 사진을 SNS에 올려 사람들과 공유하길 즐겼습니다. 그러던 어느 날 네티즌이 뚱뚱하다는 댓글을 달자, 평소 다이어트에 관심이 많았던 소녀는 극단적인 살 빼기에 돌입했고 결국엔 거식증에 걸려 체중이 38킬로그램에 이를 정도로 깡마른 몸이 되어 버렸습니다. 나중엔 생명이 위험할지도 모른다는 의사의 경고를 듣고서야 어렵사리 정상적인 생활로 돌아가야겠다고 결심합니다. 종잇장처럼 말라 뼈만 앙상한 사진 속 소녀의 곤혹스런 눈빛에선 어찌할 바를 모르겠다는 두려움마저 묻어났습니다.

물론 이 뉴스는 특별한 사례이긴 합니다.

하지만 안타깝게도 우리의 삶 역시 타인의 말 때문에 고통받는 중인지 모릅니다. 주변인의 한마디 말이, 또는 한 번의 눈빛이 형태 없는 칼날이 되어 누군가에게 상처를 입히는 것이 우리가 처한 잔인한 현실입니다. 우리는 군중 속에서 살아가기에 모든 주변인은 사실 우리와 얽혀 있습니다. 생면부지의 지구 반대편 네티즌이 무심코 내뱉은 말 한마디가 한 사람을 완전히 무너뜨릴 수도 있는 세상, 하물며 그것이 바로 옆 사람의 귓속말이었다면, 가족 중 누군가가 보내는 거친 눈빛이었다면 어떻게 될까요.

우리가 그토록 타인에 대해 신경을 쓰는 이유는 그들에게 인정받고 받아들여지길 원하기 때문입니다. 하지만 이것이 너무 지나치면 오히려 자기 자신과 자신의 방향성마저 잃어버리게 될지도 모릅니다. 이 딜레마 속에서 우리는 늘 괴로울 수밖에 없습니다.

따라서 내뱉는 말 한마디마다 신중해야 하고 대답은 더욱 조심스러워야만 합니다. 타인의 말이나 행동을, 참고는 하되 가벼운 웃음으로 넘겨버리는 대처 방식도 필요합니다. 이러한 사회 분위기가 우리에겐 필요합니다.

저는 그러한 내용을 담은 이야기를 쓰고 싶었습니다. 사는 곳이 무인도가 아닌 이상, 남의 말에 신경 쓰지 않고 살 수는 없습니다. 그래서 이웃이나 타인과 원만한 관계를 형성하는 것이 중요합니다. 불교에서는 선의 실행을 강조합니다. 성자(聖者)라면 타인에게 베풀고 모든 이를 공평하게 사랑해야 한다고 말합니다. 지극히 평범한 사람일지라도 주변에 관심을 기울이고 따뜻함을 실천하는 것에서부터 시작할 수 있습니다. 적어도 가장 먼저 돌을 던지는 사람이 되지는 말았으면 합니다. 지금까진 그 돌을 아무 생각 없이 던졌을지라도 말입니다.

책 속 이야기에서 보듯이 모든 사람들의 삶에 늘 행운만 따르지는 않습니다. 때로는 사랑을 빼앗기거나 순수함을 잃기도 하고, 오해와 상처만 남기도 합니다. 만약 상대방이 무심코 저지른 (때로는 전혀 악의가 없는) 행동이 내게 상처가 된다면 어떨까요? 조금도 개의치 않을 수 있을까요? 아마도 수련에 정진하며 나이를 꽤 먹는다면 그땐 그럴 수 있을지도 모르겠습니다. 하지만 그 전까지는 스스로에게 이렇게 말했으면 합니다. "35억 년 후에는 지구가 사라질지도 모르는데, 그에 비하면 눈앞의 이런 일들은 얼마나 사소해! 신경 쓰지 말자"고 말입니다. 세상은 넓고 초원은 광활하니 한숨 한번 쉴 여유는 충분합니다. 모든 고민은 바람을 타고 사라질 테니 아름다운 것만 남겨 두면 됩니다.

이 책을 쓰는 과정은 제 스스로에게 경계의 메시지를 보내는 것과도 같았습니다. 냉정하고 비판적인 방식을 덜어 내고 좀 더 많은 관심과 사랑을 실천하길 스스로에게 일깨워 주는 과정이기도 했으니까요. 나를 진심으로 대해 주는 사람들을 잘 이해하고 상대방을 같은 마음으로 정중히 대했으면 합니다.

당신도, 그리고 나도, 모두가 행복한 세상이면 좋겠습니다.

삶
속
의

나
비
효
과

아이들이 자아를 확인하는 방식은 서툴 때가 많습니다. 가족 간의 정을, 우정을, 그리고 서로의 관계를 확인할 때도 마찬가지입니다. 여러분이 부모 혹은 선생님이라면 그 과정에 어떻게 참여하고 계십니까? 이 책을 읽으며 여러분은 순수하고 생기 넘치는 아이들이 어른의 부재 속에서 난감한 상황을 맞닥뜨렸을 때, 어떤 방식으로 미성숙한 자아를 드러내는지 보게 될 것입니다.

제대로 알지 못하면서 유언비어를 믿고 뭔가를 판단하는 것은 참으로 무서운 일입니다. 냉정한 현실사회 속 어른들의 모습은 이 책의 주인공인 아이들의 세상에도 그대로 복제되어 나타납니다. 여러분이든 저든, 혹은 주변의 어떤 아이든 모두가 또 한 명의 '천융허'가 될 수 있습니다.

천융허는 호감을 주는 인물이었지만 그 아이가 갖고 있던 신뢰의 이미지는 타인의 냉담한 시선 앞에서 사정없이 무너져 버리고 맙니다. 책에는 자존감이 낮은 아이도 등장하는데 작가는 이 아이가 어떻게 거짓말을 이용해 자기를 보호하는지도 보여 줍니다. 혹시 주변에 린샤오치처럼 '이별의 선물을 이용해 거짓 우정을 창출하는' 방식으로 또래에게 인정받으려 하는 아이가 보이진 않습니까?

이 책을 읽다 보면 각양각색의 아이들이 저마다의 방식으로 다양한 실수를 저지르며, 넘어지고 다시 일어서는 식의 반복된 길을 가고 있음을 알 수 있습니다. 자신만의 세계에 숨어 지내는 리빙쉰, 늘 사람들의 관심을 기대하는 차이리리, 고귀해 보이는 가면을 썼지만 평범해지고 싶어 하며 이해받길 원하는 장페이페이, 아름다운 상상으로 외로운 마음을 위로하는 저우유춘, 남에게 상처를 주며 자신의 아픔을 덜려는 뤄추안까지, 모든 아이들이 그러합니다.

본인이 선택한 자아의 인정 방식이 과연 '올바른지'는 아무도 알 수 없습니다.

여러분도 이 책에 등장하는 7학년 1반의 아이들과 비슷한 자녀를 두었을지 모릅니다. 그 아이들은 당황해하고, 무력해하며, 때로는 의심하고, 잘난 척하며 자신들의 삶을 경험하고 있습니다. 동시에 주변의 또래 친구들과 아주 밀접하게 의지하며 영향을 주고받죠. 아이들은 지금을 탐색 중이며 미지의 먼 미래를 모험 중입니다.

이 책을 읽으며 여러분도 자연스레 왕징메이 선생님처럼 신념을 갖게 되었으리라 생각합니다. '연약한 아이들의 마음을 절대로 오해하지 않는'

사람이 되겠다는 신념 말입니다. 책 속에서 곤경에 빠진 아이들을 볼 때마다 동정을 느끼고 감정이입이 될 테니까요.

하지만 잔혹한 현실 속에서 어른들은 여전히 주관적인 삶의 경험과 기존의 고정관념을 따릅니다. 왕 선생님과 마찬가지로 오직 자신의 눈에 보이는 것만 믿고 아이들을 판단하죠. 비록 시작은 그들의 성장과정을 돕고 싶다는 마음이었을지 몰라도, 어른들의 무신경한 오해가 아이들을 또다시 곤경의 늪으로 빠뜨릴 수 있습니다.

이 책을 미리 읽는 영광을 누리게 해 주어 정말 감사합니다. 성장기의 어린이와 청소년이 어떻게 자아를 찾아가는지, 인정받기 위해 어떤 노력을 하는지 깊이 이해할 수 있었습니다. 한 자루의 금색 볼펜은 마치 나비효과처럼 7학년 1반의 모든 아이들에게 예상치 못한 사건을 불러일으켰습니다. 아이들이 앞으로 어떤 방향으로 변화할지는 아무도 모릅니다. 하지만 주인공들이 풀어내는 저마다의 이야기가 다시 한 번 우리를 일깨우고 있습니다. 아이들의 성장과정에서 발생하는 사소한 관계와 상호작용을 부디 세심하고 예리하게 관찰해 달라고 말입니다.

왕이중
왕이중 심리치료소 소장, 임상심리사

진실이 아닐 수도 있습니다

눈으로 본 것이

이야기는 월요일 오전에 발생한 일련의 사건들로 시작되고, 우리 모두는 '도둑이 주변에 있다'는 사실을 의심할 수밖에 없는 상황에 이릅니다. 왜냐하면 계속되는 우연의 일치로 '그 누군가'에게 화살이 집중되기 때문이죠. 과거의 경험으로 미루어 봤을 때 소설이나 연극에서 '처음 등장한 답은 대개 정답이 아니다'라고 판단합니다. 하지만 1반 안에 도둑이 없다는 사실을 증명할 만한 다른 빈틈은 좀처럼 찾을 수가 없습니다!

이 책은 추리 소설도 아니고 독자들에게 코난 역할을 맡기지도 않습니다. 2장, 3장, 뒤이어 이야기가 폭로되면서 카메라의 화면은 1반의 몇몇 '당사자'들을 비추고, 그들의 가정형편과 속마음을 조명하며 다시 기이한 '월요일 오전'으로 합류합니다.

그런 다음, 우리는 알게 됩니다. '그러한 내막이었군.' 그리고 다시금 깊은 한숨을 내쉬며 이렇게 외칩니다. "어떻게 이럴 수가 있어?"

그렇습니다! 눈으로 봤던 것이 진실이 아닐 수도 있습니다. 어떻게 그럴 수가 있을까요?

각도의 문제일지도 모릅니다! 사건의 전모를 볼 수 없게 만드는 사각지대 말입니다. 하지만 우리의 눈에 발견되지 못한 것은 '생리적 각도'가 아니라 '심리적 각도'의 농간 때문이었습니다. 대부분의 사람들은 환경이나 경험의 영향을 받기 때문에 삶의 시야가 제한적일 수밖에 없습니다. 그래서 어떤 일에 대해 늘 '당연하게 이러할 것이다'라고 판단하지요. 보는 눈 역시 편협해지고 맙니다. 또한 괜히 심술을 부리며 어마어마한 선입견을 만들거나, 혹은 책임지지도 못할 '폭탄을 빵 터뜨리고 떠나 버리는' 사람도 있습니다. 이야기의 뒷부분에는 미처 예상하지 못한 '연쇄 폭탄'이 줄줄이 터집니다!

아주 작은 나쁜 짓이, 아주 사소한 생각이, 과연 어떤 결과를 불러일으켰을까요?

이야기 속 인물들은 악당도, 나쁜 사람도 아닙니다(우리와 별반 다르지 않은 평범한 사람입니다). 하지만 그들의 마음에 '아주 잠깐' 일렁였던 생각이 교실 안에 파문을 일으키고 한 사람을 망가뜨리기에 이릅니다. 더욱 무시무시한 사실은 이야기의 결말에 이르면 모두가 '내 책임이 아니다'라고 여기며 그 누구도 일이 이 지경이 되는데 '가담'하지 않았다고 생각하는 것입니다.

학생들의 보호자가 되어 그 어떤 학생도 오해하지 않겠다고 맹세했던 왕 선생님 역시 독선적인 학부모와 소란을 피우는 학생 그리고 끝없이 이어지는 업무에 기진맥진하고 맙니다. 처음 품었던 열정은 사라지고 학생의 가정환경에 관심을 기울일 시공간적 여유가 사라져 버린 것이죠. 이 (어쩔 수 없는) 잘못은 과연 누구의 책임일까요?

물론 우리는 전지전능한 하느님이 아니기에 모든 일을 꿰뚫어보지 못합니다. 그래서 우리에겐 이런 소설이 필요합니다. 이야기라는 거울을 통해 등장인물들의 마음을 헤아릴 수 있으며, 사람들의 깊은 속내를 간접적으로나마 정리해 보는 계기가 되기 때문입니다. 덕분에 우리는 좀 더 부드럽고 유연해지며 사랑의 본질을 더 잘 이해하게 될 뿐만 아니라 '선량한 마음으로 선의를 베풀어야 한다'는 말의 가치를 터득하게 됩니다.

작가는 그 어떤 등장인물에게도 유죄를 선고하지 않았습니다. 따라서 독자인 우리 역시 누가 옳고 그른지 판단할 필요는 없습니다. 이 책을 읽고 난 뒤 무엇이든 머릿속에 떠올랐다면, 바로 그것이 여러분의 가장 큰 수확입니다.

린즈링
타이베이시 스둥초등학교 교장, 아동문학작가